Assaf Gavron

EVERYBODY BE COOL

Assaf Gavron

EVERYBODY BE COOL

Zwei Erzählungen

Aus dem Hebräischen
von Stefan Siebers

Luchterhand

Vorwort

Israel ist offenbar der einzige Staat der Welt, der aufgrund einer Vision aus einem utopischen Roman gegründet wurde. Dieser trug den Titel *Altneuland* und stammte aus der Feder von Theodor Herzl, der der Nachwelt weniger als Literat denn als politischer Anführer in Erinnerung geblieben ist. Die Wiederbelebung des Zionsgedankens am Ende des neunzehnten Jahrhunderts, die ein halbes Jahrhundert später zur Gründung des israelischen Staates führte, verdanken wir insbesondere diesem zu seiner Zeit nur mittelmäßig erfolgreichen Wiener Schriftsteller und Theaterautor. In seinem zukunftsweisenden Buch, das übrigens auf Deutsch geschrieben und erstmals 1902 in Leipzig veröffentlicht wurde, imaginierte Herzl einen jüdischen Staat im Jahr 1923, der ein wohlgeordnetes, mustergültiges Gemeinwesen bildet, in dem alle Bürger Deutsch sprechen, genüsslich in die Oper von Haifa gehen und ein brüderliches Verhältnis zu gebildeten Arabern pflegen. In literarischer Hinsicht ein schwaches Werk, dessen hauptsächliche Kraft in seiner symbolischen historischen Mission lag und das nicht allein die Existenz eines Staates, sondern auch die einer Stadt vorwegnahm. Der Titel, der für die erste hebräische Übersetzung von *Altneuland* ausgewählt wurde, wurde einige Jahre später zum Namen der Stadt, die im Herzen jenes Staates erblühen sollte: Tel Aviv, der »Frühlingshügel«.

Aus der Nähe betrachtet entspricht Israel ziemlich genau den Gesetzen der postapokalyptischen Genreliteratur: Eine Katastrophe kommt über die Welt, und aus den Scherben versuchen die Überlebenden, eine neue Gesellschaft zu formen. Vielleicht liegt es in der DNA unseres Volkes, derartige Science-Fiction-Perspektiven zu entwickeln. Jedenfalls war Herzls berühmtes Buch Ende des neunzehnten Jahrhunderts nur eines von mehreren, die jüdische Utopien in den Mittelpunkt stellten. Zum Beispiel *Eine Reise nach Palästina im Jahr 2040*, von Elchanan Leib Lewinsky in hebräischer Sprache verfasst und 1892 in Odessa veröffentlicht, erzählt von einem jungen Paar, das zu seiner Hochzeitsreise ins Heilige Land aufbricht. Dort findet es eine produktive, ästhetische, harmonische Gesellschaft vor, ein bewundernswertes Ideal, mit einer florierenden Wirtschaft, einer funktionierenden Verwaltung und einem Geistes- und Kulturleben, in dessen Zentrum die Wiederbelebung des Hebräischen steht (im Gegensatz zur deutschen Sprache und Kultur in *Altneuland*). Oder *Die Verrückten* (1901) von Scholem Alejchem über Moischele, der eines Tages aus seinem Schtetl in Osteuropa verschwindet und ein Jahr später zurückkehrt und berichtet, er sei in Palästina gewesen und habe dort Juden getroffen, die über Selbstachtung und ein gutes Einkommen verfügten und in einem modernen Land lebten, in dem es in jedem Haus Wasserhähne und ein Telefon gebe. Auch Zeev Jawitz, der Großvater meiner Großmutter, einer der Erneuerer der hebräischen Sprache und eine herausragende Persönlichkeit der ersten Auswanderungswelle nach Palästina, versuchte sich an einer jüdischen Utopie. Sie trug den Titel *Neues voll Altem* (entstanden ungefähr zur Jahrhundertwende) und war nach meinem Geschmack nicht besonders gelungen.

Ich mache einen Sprung von achtzig Jahren, der Staat Israel wurde inzwischen gegründet, und auch ich bin bereits auf der Welt. Man schreibt das Jahr 1984, und ich bin sechzehn Jahre alt und gehe in die zehnte Klasse. Damals erschienen zwei Bücher, die meine Fantasie anregten, mich sowohl als Kind dieses Landes wie auch als Schriftsteller prägten und noch heute von mir gelesen werden: zwei kurze Romane, jeweils kaum mehr als hundert Seiten, von zwei Schriftstellern, die miteinander befreundet waren und eine ähnliche Lebensgeschichte hatten. Heute weiß ich, dass beide Bücher Dystopien sind; damals war mir das Wort unbekannt.

Eines ist *Der Weg nach En Charod* von Amos Kenan, eine Reise in ein zukünftiges Israel nach einem Militärputsch, dessen Umstände nicht genauer beschrieben sind. Rafi, ein Widerständler, begibt sich nach En Charod, das Gerüchten zufolge die letzte Hochburg der Gegner sein soll. Die Handlung ist eine geografische Reise von Tel Aviv bis zu dem Kibbuz im Norden, doch auch eine Zeitreise zwischen den archäologischen Schichten in der Geschichte des Landes. Sie ist eine Reise voll menschlicher Begegnungen – mit einem Araber, einem jüdischen General und einem jungen Mädchen – in Zeiten eines Zusammenbruchs, der mit dem Unabhängigkeitskrieg Israels beginnt und in der Militärdiktatur endet. Ein wunderbar geschriebener Roman voll wildem Humor und brillanten Dialogen über eine erschreckende Zukunft, die uns am Ende der Entwicklung erwartet. Kenan, der Friedensaktivist und ehemalige Untergrundkämpfer, hat diese Saat schon Anfang der Achtzigerjahre erkannt.

Das zweite Buch ist *Jeremiahs Gasthaus* von Benjamin Tammuz, eine wütende Satire über eine nicht allzu ferne Zukunft, in der gewalttätige religiöse Sekten die Herrschaft über Israel an sich reißen – eine Farce, die zu einem Blutbad führt. Jeremiah, ein Spezialist für das Entwerfen und Nähen von Fahnen, eröffnet ein Gasthaus an einer Landstraße vor den Toren Jerusalems, und säkulare Juden, die aus der Stadt fliehen, fromme Eiferer, die sie verfolgen, geisterhafte Araber und seine Schwester kehren bei ihm ein. Ist der Humor von *Der Weg nach En Charod* manchmal wild und verrückt, so steigert er sich hier bis in den absoluten Wahnsinn aus Tod und Sex hinein – die erneute Vorahnung einer schrecklichen Zukunft, die wir bereits in den Achtzigerjahren kommen sahen und deren stetes Herannahen wir uns hätten bewusst machen können.

Eingangs habe ich erwähnt, dass die Science-Fiction-Perspektive dem jüdischen Volk angeboren ist, aber natürlich ist dieses Genre nicht spezifisch jüdisch. Zukunftsvisionen dystopisch-spekulativer Art kamen in der Weltliteratur seit Ende des neunzehnten Jahrhunderts immer wieder vor; man denke an zwei der berühmtesten, *Schöne neue Welt* von Aldous Huxley aus dem Jahr 1932 und *1984* von George Orwell von 1949. In komplizierten Zeiten neigen Menschen, vor allem Schriftsteller, dazu, sich mögliche Zukünfte auszumalen. Zweifellos bildeten die Dreißiger- und Vierzigerjahre im Europa Huxleys und Orwells eine extreme Ausnahmesituation, und das Ende des neunzehnten und der Beginn des zwanzigsten Jahrhunderts waren in Mittel- und Osteuropa gefährliche Zeiten für Juden wie Herzl und Lewinsky. Die Siebziger- und Achtzigerjahre wiederum brachten Israel schwere Kriege und große Verunsicherung, die zum Entstehen der Bücher von Kenan und Tammus beigetragen haben dürften.

Und das führt uns zur heutigen Zeit. Die Gegenwart ist komplex und schwierig, und in Israel ist die Lage prekär. Es herrscht völlige Ungewissheit. Während ich diese Sätze schreibe, befinden wir uns auf dem Höhepunkt eines Krieges: Geiseln wurden genommen und noch nicht freigelassen, jeden Tag sterben Palästinenser und Israelis, einfache Bürger und Soldaten in Uniform, und

9

es ist kein Ende absehbar. Niemand hat eine realistische Idee, mit welchen Mitteln ein Ende herbeigeführt werden könnte und wie die Region danach aussehen wird. Vor uns liegt also ein Feld, auf dem zwangsläufig alle möglichen Spekulationen gedeihen. Selbst wenn ein Buch, einmal fertiggestellt, künftige Schlagzeilen nicht mehr berücksichtigen kann, versucht der Schriftsteller eine Vorstellung zu vermitteln, wohin uns der Weg, der sich in Staubwolken im Nichts zu verlieren scheint, am Ende führt.

Doch um bei der Wahrheit zu bleiben – das Projekt der postkapitalistischen Literatur, in dessen Rahmen meine Kurzgeschichte »Everybody be cool!« und die Novelle »Der Zement« entstanden, hat lange vor dem 7. Oktober 2023 und sogar noch vor der Coronapandemie begonnen. Im September 2019 erhielt ich von Professor Kfir Cohen Lustig, einem Forscher am Van-Leer-Institut in Jerusalem, eine E-Mail, die mit folgenden Worten begann: »Ist eine egalitäre demokratische Gesellschaft vorstellbar, die sich nicht dem kapitalistischen Prinzip des Gewinnstrebens unterordnet? Wenn ja, wie sähe sie in politischer, wirtschaftlicher, sozialer und religiöser Hinsicht aus? Welche neue Literatur könnte aus dieser Fragestellung erwachsen, und inwieweit würde sie die Grundannahmen der bisherigen israelischen Literatur infrage stellen?«

Cohen Lustig lud zehn Schriftsteller zu einem mehrteiligen Workshop im Jahr 2020 ein. In monatlichen

Sitzungen diskutierten wir über sein Forschungsgebiet, den Postkapitalismus. Das Endziel sollte die Herausgabe einer Anthologie von antikapitalistischen Erzählungen sein. Ich selbst schrieb die Kurzgeschichte »Everybody be cool!«, die nun im vorliegenden Band in deutscher Übersetzung veröffentlicht wird, nachdem das Anthologievorhaben des Van-Leer-Instituts letztendlich scheiterte. Ein unvorhersehbares Problem war die Coronapandemie, die Mitte des Jahres zuschlug und uns aus dem prächtigen Konferenzsaal in dem schönen Institut in Westjerusalem in die engen Winkel der Zoom-Welt verbannte. Zudem verstand jeder Autor unter Postkapitalismus etwas anderes, und die vorgesehene literarische Form, die Kurzgeschichte, war zu begrenzt, um darin neue Welten zu entwerfen und schlüssige Handlungen zu entspinnen. Die Verschiedenheit der Ansätze stiftete Verwirrung und Inkohärenz, und die Leinwand war wohl zu weiß und glatt, um darauf klare Bilder zu zeichnen. Eine Alternative musste gefunden werden.

Doch Professor Cohen Lustig ließ sich nicht entmutigen. Nach Ablauf des Jahres beschaffte er ein neues Budget, und mit dem Redakteur des Projekts, dem Schriftsteller und Lektor Schimon Adaf, wurde das Konzept geschärft und neu formuliert: Erstens, die Anzahl der Autoren wurde auf vier beschränkt. Zweitens, die Kurzgeschichten wurden zu Novellen erweitert. Drittens, die verbliebenen Autoren setzten sich mit Cohen Lustig zusammen, um für die Handlungen aller vier Geschichten einen gemeinsamen Hintergrund festzulegen: In welchem Jahr ereigneten sie sich? Was waren die groben historischen Voraussetzungen? Welche ökonomischen, sozialen, geopolitischen, religiösen, kulturellen und anderen Strukturen waren bestimmend für die neue Welt? Und erst wenn diese Koordinaten feststanden, konnte jeder seine eigene postkapitalistische Geschichte schreiben. So wurde eine in ihrem Geiste postkapitalistische Arbeitsweise konzipiert, in der der Autor nicht mehr individueller Schöpfer und alleinverantwortlich war, sondern Unterstützung von einem neuartigen kooperativen Modell erfuhr, das die bestehende Ordnung herausfordert.

Der postkapitalistische Gedanke ist die politische Idee von einer umfassend veränderten Weltordnung, in deren Mittelpunkt die Begriffe der Freiheit und der Gleichheit stehen, und zugleich der Versuch, die Prinzipien eines anderen menschlichen Gemeinwesens zu formulieren, die nicht auf der Maximierung von Gewinnen und der Konzentration von Eigentum beruhen. Dabei war es ein Zufall, dass die Coronapandemie diesen Anspruch noch verschärfte, da sie der Welt alternative ökonomische Konzepte, zum Beispiel Coronahilfen oder Basislöhne, aufzwang und Lebensweisen ermöglichte, deren Mittelpunkt nicht länger die Arbeit war und die deshalb einen neuen Umgang mit der Zeit erforderten. Dieses Experiment warf einerseits ein Schlaglicht auf die Schwierigkeit, das kapitalistische System zu reformieren, und zeigte andererseits Alternativen auf.

Offenbar verdankte ich die Einladung zur Teilnahme meinen früheren spekulativen Schriften. Ich nahm die Einladung an, weil ich Werken, die in die Zukunft weisen, seit jeher einen Ehrenplatz einräume und sie mir Inspiration für mein eigenes Schaffen geben. Die Wege, die uns die Literatur anbietet, um mit dem Problem der Unvorhersehbarkeit der Zukunft zurechtzukommen, ziehe ich seit jeher jenen von Religion, Mystik oder Wissenschaft vor.

Mein Erstlingswerk mit dem Titel *Ice* ist 1997 erschienen. Jedes seiner neun Kapitel spielt in einem anderen Jahr zwischen 1970 und 2031. Drei Kapitel sind (vom Entstehungsjahr des Buches aus) in der Zukunft angesiedelt, und das letzte, »Angesichts des Wassers, 2031«, während einer Klimakatastrophe in Neuseeland. Die Romanfiguren flehen um jeden Tropfen Regen und kommunizieren per Telepathie miteinander. Ich bearbeitete den Text und schickte ihn als Kurzgeschichte zu einem Science-Fiction-Wettbewerb der Tageszeitung *Jedi'ot Achronot*, den ich damit gewann.

Mein zweites Buch war eine Sammlung von Kurzgeschichten. Eine trug den Titel »Cellshock« und erzählte von einer Art Wiedererkennungs-App, deren Funktion auf der elektronischen Lokalisierung von Individuen beruhte. Die Geschichte entstand im Jahr 2000, lange vor der Verbreitung von Grindr, Tinder und Smartphones. Sie wurde auf T-Shirts gedruckt und von dem Start-up, in dem ich damals arbeitete, als Merchandising-Artikel bei Ausstellungen verteilt.

Im Jahr 2008 erschien mein viertes Buch, *Hydromania*, das zwei Jahre später vom Luchterhand Verlag auf Deutsch herausgegeben und in weitere Sprachen übersetzt wurde. Zum ersten Mal hatte ich einen ganzen spekulativen Roman verfasst, der in einer nahen Zukunft spielt; angedeutet, doch nicht ausdrücklich genannt, ist das Jahr 2067. Der Ort ist Israel oder das, was davon übrig ist: ein ausgetrocknetes Land, das von Wasserverbänden beherrscht wird. Eine Frau sucht ihren verschwundenen Ehemann, während sich ein Dorf namens Charod darauf vorbereitet, mit einer von ihrem Mann entwickelten Methode Regenwasser aufzufangen – eine Ehrerweisung an *Der Weg nach En Charod*, an Philip K. Dick und den wütenden Max.

Doch zurück zu unserem Postkapitalismus-Projekt. Folgendes Setting wurde bei den Treffen der vier verbliebenen Autoren und des Professors vom Van-Leer-Institut für die Novellen festgelegt: Man schreibt das Jahr 2066, die Welt hat eine globale Pandemie überwunden sowie ein großes Gasunglück, das den östlichen Mittelmeerraum heimgesucht hat. Es wurde ein postnationaler Staat eingerichtet, die Middle Eastern Union (MEU), der Privatbesitz ist eingeschränkt, und jeder hat Anspruch auf einen staatlichen Mindestlohn. Die Einwohner spenden Zeit und Arbeit für die Allgemeinheit, kommunizieren per Übersetzungs-KI und bewegen sich in fliegenden Shuttles von Ort zu Ort. In gewisser Weise ist dies eine Rückkehr zu Theodor Herzl. Es ist vielleicht keine Utopie wie bei ihm, doch immerhin ein optimistisches Szenario in einer schwierigen Zeit und eine Art Antwort auf die populären Dystopien, die uns die Zukunft in düsteren Farben ausmalen.

Im Frühjahr 2023 wurden die vier Novellen schließlich publiziert, und damit kam das spannende Projekt des Instituts und seines Professors zum Abschluss. Neben meiner Novelle, »Der Zement«, stehen »Speicherfehler« von Schimon Adaf, der sich mit der Frage der Gemeinschaftsstruktur und der religiösen Existenz befasst, »Sie macht es einem schwer« von Tehila Hakimi, die sich Fragen des Eigentums und des Besitzes widmet, und »Ein fortdauernder Kampf« von Michal Sapir zur Frage künftiger literarischer Modelle. Ich freue mich, dass »Der Zement« nun auch in diesem Band – zusammen mit der Kurzgeschichte »Everybody be cool!« – auf Deutsch veröffentlicht wird. Damit schließt sich der Kreis zu *Altneuland*, dem utopischen Roman Theodor Herzls, dessen Ursprung in dieser Sprache liegt.

Assaf Gavron
Tel Aviv am 9. September 2024

Everybody be cool!

»Everybody be cool! Das ist ein Überfall!«

Sie drehte ihren Kopf und sah am hinteren Ende der Warteschlange einen Mann und eine Frau, die in diesem Moment die Bank betraten. In der Hand des Mannes schimmerte ein Gegenstand aus schwarzem Metall. Was war das? Sie wandte sich um und sah, dass die Schalterbeamten erschrocken zu ihnen hinschauten. Sie hob den Blick. An der Wand über den beiden Schaltern waren große elektronische Tafeln angebracht, die in leuchtend roter Schrift den Betrag der universellen Basisleistungen anzeigten. Jetzt waren sie an der Reihe – sie und der Junge mit dem arabischen Tattoo, mit dem sie sich gestritten hatte, seit sie in der Schlange wartete.

»Was ist passiert, Eiser? Was bedeutet ›Everybody be cool‹?«, flüsterte sie in eine Falte ihres Kleides.

»Wird geprüft …«, antwortete Eiser leise.

»Leert die Kassen und Tresore«, rief der Mann mit dem metallischen Gegenstand, »einschließlich der Basisleistungen von allen, die hier stehen! Überweist sie mit dem Code, der jetzt auf eurem Bildschirm erscheint!«

Sie schaute sich unsicher um. Dann sah sie zu den Schalterbeamten und den elektronischen Tafeln. Die angezeigten Beträge fielen in Sekundenschnelle.

»Eiser, was ist los? Was geschieht hier?«

»Gefunden. Everybody be cool, ein populärer Ausspruch aus einem amerikanischen Kinofilm des letzten Jahrhunderts. Zweitens, ein Ausruf, der bei einem Banküberfall ertönt. Die Übersetzung lautet ...«

»Ein Banküberfall? Was ist das, Eiser?«

»Wird geprüft ...«

»Du bist heute furchtbar langsam, Eiser«, sagte sie und glaubte, in seiner Stimme denselben Schrecken mitschwingen zu hören, den sie auch in den Augen der Schalterbeamten sah und in ihrem eigenen Körper fühlte. »Nicht trödeln, Eiser! Nicht heute!«, flehte sie.

»Mecker nicht wieder!«, sagte er pikiert.

»Aber was geht hier vor sich? Meine Basisleistungen sind auf null gefallen.« Auch die Anzeige des Jungen mit den Tattoos stand jetzt auf null, und die Leute in der Warteschlange begannen zu murren. Dann gab es einen lauten Knall. Sie duckte sich und schrie: »Eiser!«

Drei Stunden vorher ...

»Sei still, Eiser!«

»Ich soll still sein? Du musst dich bei der Bank melden. Wenn ich nichts sage, vergisst du es.«

»Okay, okay, aber nicht alle zwei Minuten. Nerv mich nicht damit!«

»Ich nerve dich?«

»Wer sonst? Hast du hier im letzten Jahr noch jemanden gesehen? Wie lange muss ich das aushalten?«

»Noch einen Monat, zwei Wochen, einen Tag, einundzwanzig Minuten und zwölf Sekunden.«

»So genau wollte ich es nicht wissen, Eiser.«

»Du hast nicht definiert, wie genau du es wissen wolltest.«

»Okay, dann sag mir, wie lange bin ich schon allein?«

»Kannst du nicht rechnen? Ein Jahr minus einen Monat, zwei Wochen …«

»Spiel dich nicht auf, Eiser! Sag, ungefähr wie lange!«

»Ungefähr zehneinhalb Monate. In Ordnung, ich nerve dich nicht mehr.«

»Danke, Eiser.«

»Wann meldest du dich bei der Bank?«

»Bis abends ist noch Zeit dafür.«

Sie schlief ein und erwachte nach zwei Stunden. Sie hoffte, dass Eiser es nicht bemerkte – obwohl er immer alles bemerkte, denn das gehörte zu seinen Aufgaben. Trotzdem wünschte sie, dass er diesmal schwieg und sie in Ruhe ließ. Bisweilen musste sie sich von ihm erholen nach einem Jahr, nein zehneinhalb Monaten, in denen sie mit keinem sprechen konnte außer ihm. Nach zehneinhalb Monaten eines Jahres der Isolation der Stufe X, in dem sie sich niemandem nähern und mit fast niemandem kommunizieren durfte, weil die Ansteckung nicht nur über die Atemwege, sondern auch über Nachrichtenkanäle erfolgte. Ein Jahr in einem entlegenen ärmlichen Tal im Norden, in einem bescheidenen Holzhaus mit einem kleinen Garten, weit entfernt vom städtischen Ballungsraum, in dem sie zuvor die meiste Zeit gelebt hatte. Außer mit sich selbst sprach sie nur mit Eiser, der für sie Botendienste ausführte, Dinge organisierte und arrangierte und sie einmal im Monat erinnerte, zur Bank zu gehen – eine Gewohnheit, die ihr gefiel, da sie unter den herrschenden Bedingungen die einzige war, die es ihr erlaubte, gesicherten Kontakt aufzunehmen und für eine kurze Zeit Menschen oder Bots zu sehen und sogar mit ihnen zu sprechen, während ihre Basisleistungen berechnet und auf ihr Konto überwiesen wurden.

Heute sollte es geschehen. Der monatliche Bankbesuch. Der Tag der universellen Basisleistungen. Als sie erwachte, dachte sie, dass sie alle Kontakte verloren hatte. Noch in den ersten Wochen und Monaten ihrer Isolation hatte sie beantragt, mit Freunden und der Familie, mit ihrer Geschäftspartnerin und ihren Mitarbeitern sprechen zu dürfen, doch allmählich schwanden die Notwendigkeit und das Verlangen. Und sie fragte sich, was zuerst verschwunden war, die Notwendigkeit oder das Verlangen, und ob es einen Zusammenhang zwischen beidem gab, was das Huhn war und was das Ei. Sie erinnerte sich an ihren letzten Ausflug am Geburtstag ihres Vaters, vor allem an die Energien und die Zeit, die sie für das Ausfüllen des Antrags verwandte und dann für das Gespräch, das so schleppend und langweilig, so banal und voraussehbar war, dass sie sich fragte, ob sie überhaupt noch imstande war, mit Menschen zu kommunizieren, ob sie noch Interesse hatte, mit jemandem zu reden und zu fragen, was er tat und wie es ihm ging. Nach all den langen Monaten fiel ihr niemand ein, auf den das noch zutraf. Seit jenem letzten Gespräch mit dem Vater verspürte sie nicht den geringsten Drang, Kontakt aufzunehmen. Die Einsamkeit hatte ein neues Gleichgewicht geschaffen, und es bestand weder die Möglichkeit noch der Wunsch, mit anderen zusammen zu sein. Das Alleinsein war mehr als ein Zustand des Mangels, es war die neue Wirklichkeit. Und Eiser machte das Bild perfekt. Er war es, der mit ihr redete, sie ärgerte oder amüsierte, der für sie sorgte und an ihrer Stelle mit der Welt sprach. So war ihr Leben, und es war bequem und angenehm. Wenn sie auf ihrem Liegestuhl im kleinen Garten lag, die Sterne und den Mond, die Bäume und die gelben Felder in der Ferne sah und sich die Welt vorstellte, empfand sie keinen Verlust und sehnte sich nach keiner anderen Existenz. Sie war erwachsen genug, um zu verstehen, dass sie eine rasche Evolution durchlief: Von einem sozialen Wesen, das unter Menschen lebte, verwandelte sie sich in ein halbsoziales, das nur von fern, ohne Worte und Blicke, mit den anderen in Verbindung trat, und schließlich in eine Eremitin, die ohne alles auskam. Trotzdem fühlte sie einen seltsamen Kitzel angesichts des Ausflugs in die Bank, angesichts des Sprunges in die Vergangenheit, des Eintauchens in den Film des Lebens. Nur ein paar Minuten würde sie darin mitspielen und dann zu ihrem Liegestuhl zurückkehren und wieder allein in die Stille schauen.

»Lass uns jetzt die Bank aufrufen, Eiser. Kümmerst du dich um die Genehmigung und stellst die Verbindung her?«

»Guten Morgen, Rose von Jericho!«

»Rose von Jericho ... weißt du überhaupt, was das ist, du Nervensäge?«

»Kutane Leishmaniose, vom Stich der Sandmücke ausgelöst. Amerikanische Soldaten, die Anfang des Jahrhunderts im Irak kämpften, bezeichneten sie auch als Bagdad-Furunkel. Ich dachte, das höre sich schön an. Deshalb wählte ich diese Anrede für dich.«

»In Ordnung, Nervensäge, ruf die Bank auf.«

»Jericho, eine prähistorische Stadt, von der die Bibel berichtet. Wurde im Altertum von den Israeliten erobert und Ende vorigen Jahrhunderts infolge des Oslo-Prozesses von den Palästinensern übernommen. Seit Mitte dieses Jahrhunderts und dem Beginn der Neuen Wirtschaft steht die Stadt unter der Kontrolle der General Authority.«

»Genug Geschichte, sei jetzt still! Ich will den Augenblick genießen, in dem ich meine Blase verlasse, wo ich immer nur mit dir bin.«

»Halt! Was ist mit Haarewaschen, Föhnen, Strähnchen, Maniküre, Pediküre und Lackieren? Willst du nicht aussehen wie eine Lady? Oder bevorzugst du einen Avatar von Ariana wie beim letzten Mal?«

Er hatte recht. Das hatte sie vergessen. Sie lächelte und dachte, was täte ich ohne ihn? Doch sie wollte nicht, dass Eiser wusste, wie sehr sie auf ihn angewiesen war, damit er sich nicht aufplusterte, wenn sie wieder stritten. Sie setzte sich vor den Spiegel und sagte: »Ja, Eiser, alles, was du sagtest. Außer Ariana.«

»Verstanden. Soll ich auch deine Blutwerte messen?«

Am Ende der Prozedur überschüttete Eiser sie mit Komplimenten, die von »Spitze!« bis »Eine Wucht!« reichten.

»Sitzt du bequem auf dem Sofa? Vergiss nicht, was letzten Monat geschah.«

»Sprich nicht von letztem Monat und geh jetzt rein!«

»In Ordnung, ich führe dich hinein.«

Sie war die Siebte in der Warteschlange, und natürlich beschwerte sie sich.

»Wirklich, Eiser, konntest du keinen Slot mit einer kürzeren Wartezeit aussuchen? Bei allen technischen Möglichkeiten, die wir heute haben, muss ich immer anstehen.«

»Machst du dich lustig? Das Anstehen gehört zum Vergnügen dazu. Du liebst Warteschlangen, da du dort endlich wieder Menschen triffst.« Sie antwortete nicht. Er kannte sie viel zu gut. »Außerdem sagtest du, ich solle hineingehen. Du wolltest nicht länger warten.«

Sie lächelte, schaute in die Simulation der Bankfiliale und musterte die sechs Gestalten, die vor ihr in der Schlange standen. Die beiden Schalter, die Anzeigetafeln darüber, die roten Zahlen, die in Sekundenschnelle wechselten, die Wände mit den Werbeplakaten und die Markierungen auf dem Boden, die den Kunden den Weg wiesen.

»Außerdem«, fuhr Eiser fort, »habe ich nachgeschaut, von morgens, als die Bank öffnete, bis jetzt, eine Stunde bevor sie schließt. Die kürzeste Warteschlange bestand aus fünf Personen. Du hast es also gut getroffen.«

»Ja, alles klar«, sagte sie.

Er lachte.

»Warum lachst du?«

»Warum nicht?«, entgegnete er, und jetzt lachte auch sie. »Siehst du? Du wolltest dich wieder nur beschweren.«

»Genug, Eiser, bitte nicht jetzt!«

Sie schaute zu den Menschen. Wie immer hatte Eiser recht: Der monatliche Bankbesuch war die Gelegenheit, sie zu sehen und zu spüren, einmal auszubrechen, etwas zu erleben und vielleicht auf neue Gedanken zu kommen. Nicht dass sie eine Wahl gehabt hätte! Trotzdem hatte sie sich in den vergangenen Monaten, nachdem die Frustration, die Einsamkeit und Sehnsucht überwunden waren, schon öfter gefragt, was so schlimm war an der vom Staat verhängten Klausur. Wollte sie wieder jeden Tag von Menschen umgeben sein, an ihnen vorübergehen, sie hören, riechen und fühlen? Der Gedanke ließ sie erschauern. Sie blickte zu den beiden Schalterbeamten und vermutete, dass es Avatare waren. Sie überlegte, ob die Bank ihnen erlaubte, einen eigenen Ausdruck zu entwickeln, zum Beispiel durch die Wahl der Farbe ihrer Gesichtsmaske, den Haarschnitt und die Körperhaltung.

Dann schaute sie zu dem älteren Mann, der vor ihr stand und ungeduldig schnaufte. Plötzlich wandte er sich um und fragte: »Warum geht es nicht voran? Es dauert jedes Mal Stunden!«

Sie überlegte, ob sie antworten sollte, doch als sie den Mund öffnete, um etwas zu sagen, flüsterte Eiser: »Lass ihn, antworte nicht.«

Sie hielt inne und musterte den zornigen Mann. Nach seinen Kleidern und Zähnen zu urteilen, hatte er Anspruch auf den Höchstsatz. Er sah aus wie jemand, der sich keinen schönen Avatar leisten konnte und keine Arbeit, aber viele Kinder hatte, mit denen er in einer Siedlung mitten im städtischen Ballungsgebiet wohnte. Schon oft hatte sie sich gefragt, warum die Regierung diese Leute unterstützte, ohne etwas zu verlangen. Sie kannte die Gegenargumente: Es ist genug Geld da, und nicht jeder muss einen Beitrag leisten, aber die Regierung muss jedem Bürger ein würdiges Dasein garantieren. Das war alles schön und gut, dachte sie, doch wie konnte dieser Mann es wagen, sich zu beschweren, weil er einmal im Monat ein paar Minuten warten musste? Die Gedankenkette, die sich in ihrem Kopf abspulte, ließ

ihm keine Chance. Sie wusste, dass sie sich nicht zurück-
halten konnte.

»Ist es schlimm, ein paar Minuten anzustehen, wenn
man etwas umsonst bekommt?«

Er schaute sie vorwurfsvoll an, blickte spöttisch auf ihr
Kleid und ihr gepflegtes Haar.

»Was willst du? Ich sage nur, dass sie sich beeilen sollen. Und dass der Service hier …«

»Lass sie in Ruhe arbeiten!«, fiel sie ihm ins Wort.
Statt dankbar zu sein, fanden die Leute immer einen
Grund zu jammern. Eine Frau, die vorn am Schalter
stand, wandte sich um und musterte sie und den Mann.
Sie hatte eine schöne teefarbene Haut. Aus dem schnel-
len Fallen der roten Zahl schloss sie, dass die Frau nur
Anspruch auf den Mindestsatz hatte. Das heißt, sie war
kein Sozialfall und verfügte über eigene Ressourcen. Sie
trug ein schönes Kleid, auf dessen Stoff ein Büroturm
abgebildet war.

»Was willst du von ihm?«, meldete sich plötzlich eine
Stimme von links. »Hat er nicht das Recht, einen besseren Service zu verlangen? Außerdem – die Leistungen
stehen uns zu, sie sind kein Geschenk, die Regierung hat
genug Geld.«

Sie wandte sich zur Seite und sah einen jungen Mann
mit Mausgesicht und einem knappen T-Shirt, das seine
mit arabischen Tattoos geschmückten Muskeln zur Schau
stellte. Er blickte sie herausfordernd an.

»Was geht dich das an?«, fauchte sie, und Eiser flüsterte: »Also wirklich, weshalb musst du mit allen streiten?«

»Sei still, Eiser«, antwortete sie leise, »du kennst mich doch, am liebsten streite ich mit dir.«

»Natürlich geht mich das was an«, schnauzte der junge Mann. »Ihr reichen Schnösel glaubt, wir müssten auf Knien rutschen, danke sagen und den Mund halten.«

Sie behielt ihn im Blick, während seine Schlange vorrückte und er an den linken Schalter trat. Die Anzeigetafel wies einen hohen Betrag aus, und sie war sicher, dass er nicht sinken würde. Sie ignorierte Eisers Mahnungen und zischte: »Schau dich an! Hängst am Staat wie an der Mutterbrust und wagst es, die Klappe aufzureißen?«

»Der Nächste!«, rief der Beamte vom rechten Schalter, der für sie bereit war.

Sie lächelte und ging auf ihn zu. Der Bot begrüßte sie, und sie glaubte in den Augen, die über seiner Gesichtsmaske hervorlugten, aufrichtige Anteilnahme zu erkennen. Sie nickte, und er erwiderte ihr Nicken und begann mit seinem Fragenkatalog: Name, ID-Nummer, Adresse, Ergebnisse der Blutuntersuchung vom heutigen Tag?

»Isolationsgrad?«

»X, alleinlebend und gesund.«

Der Reihe nach stellte der Bot die üblichen Fragen, obwohl schon alles gesagt war.

»Behinderungen? Krankheiten? Medikamente? Therapien?«

»Ich sagte doch, gesund. Also trifft nichts von alledem zu.«

»Personen, die von Ihnen abhängig sind?«

»Wie gesagt, ich lebe allein.«

Der Bot zögerte und notierte: »Null.«

»Beschäftigungsstatus?«

»Im Homeoffice.«

»Für Polywayny... Wie lautet die Aussprache?«

Sie atmete tief durch, schloss langsam ihre Augen, öffnete sie und sagte: »Polyway-Nylon.« Doch er hatte recht, ihr Firmenname war zu lang. Ihre Teilhaberin und sie hatten oft darüber diskutiert, ihn zu verkürzen und vielleicht »Polyway« daraus zu machen. Sie mussten sich nur endlich einigen.

»Sind Sie die Geschäftsführerin?«

»Ja, immer noch.«

»Ihre monatlichen Einkünfte vor Steuern?«

Eiser flüsterte eine Zahl, und sie übermittelte sie dem Beamten. In diesem Monat war die Produktion gestiegen. Mehr Menschen in langfristiger Isolation bedeuteten mehr Botendienste, mehr Verpackungen und Pakete, mehr Polyethylen. Sie wusste, dass ihr Betrag auf der Anzeigetafel sank, sobald alle Daten eingegeben waren, und blickte fast gleichgültig hinauf zu der rapide fallenden Zahl. Sie war auf die universellen Basisleistungen nicht angewiesen und verstand nicht, wozu sie sie überhaupt beantragen musste. Anfangs schien es ihr begrüßenswert, dass man die Menschen von Zwang befreite und ihnen die Zeit zurückgab, die die Arbeit raubte. Sie sollten ihren Interessen folgen und nur Dinge tun, die ihnen gefielen. Dadurch würde ihre Abhängigkeit vom Geld als alles bestimmendem Faktor verringert, und es bekäme endlich jenen Wert, den es verdiente: den eines Tauschobjekts, das man benötigte, um Bedürfnisse zu stillen, aber nicht als Lebenszweck, von dem man immer mehr haben wollte, viel mehr, als man tatsächlich brauchte. Doch die Methode funktionierte nicht, da das neue System eine grundlegende Wahrheit verkannte, nämlich, dass man die Menschen nicht gleichmachen konnte, nicht einmal durch finanzielle Zuschüsse. Viele, die neue Regeln aufstellen, vergessen, dass sich die Menschen unterscheiden und es nicht zwei gibt, die einander gleichen. Einmal hatte sie zu ihrer Kollegin gesagt: »Leben ist das Chaos, das passiert, wenn du Pläne machst und davon ausgehst, dass alle Leute gleich sind.«

Nach einer kurzen Phase, in der alle Bürger einen einheitlichen Betrag erhielten, erhob sich Protest, und es wurden differenzierende Kriterien eingeführt – und damit begann der Zirkus. Als jemand, der genug verdiente und keine Unterstützung brauchte, kam sie nur wegen des monatlichen Rituals: um Menschen zu sehen und eine Prozedur zu durchlaufen, die ihr bestätigte, dass alles in Ordnung mit ihr war, dass man sich um sie kümmerte und sie einen Teil des großen Organismus bildete, dem alle angehörten. Sie musste sich vergewissern, dass sie nicht sonderbar geworden war und niemand einen Bogen um sie machte. Und sie wollte den anderen zeigen, wer sie war, selbst wenn sie nur einen Bot als Schalterbeamten, einen gestressten Vater und ein Mausgesicht mit Tätowierung antraf. Denn wenn man die unerschütterliche Wahrheit anerkennt, dass die Menschen – nicht – gleich sind, bedeutet dies, dass sie zu Recht mit Stolz auf ihre Andersartigkeit und ihre Qualitäten hinweisen, ob es sich dabei um ein hohes Einkommen oder die Zugehörigkeit zu einer Altersgruppe, einer Mode oder Ethnie handelt. Sie blickte zu dem tätowierten jungen Mann, denn sie wusste, dass er vor Wut platzen würde, wenn er die Summe ihrer Einkünfte hörte, die sie dem Schalterbeamten mit lauter Stimme mitteilte. Sie wollte diesen Moment genießen, den zermürbten Blick, die Niederlage.

Zwar hatte das Geld seine absolute Macht verloren, seit jeder Bürger staatliche Zuwendungen erhielt, doch konnte es noch immer beeindrucken, wie sie im Gesicht des jungen Mannes sah. Sogar der Schalterbeamte zog anerkennend die Augenbrauen hoch, aber das hatte sie erwartet, denn er war auf menschliche Reaktionen programmiert. Sein Interesse und seine Verwunderung überraschten sie ebenso wenig wie die nun folgende Frage: »Was stellt Ihre Firma her?« Nach Wochen ohne Interaktion enttäuschte sie die kalkulierte Anteilnahme nicht. Sie genoss die Energien, die zwischen Menschen und Bots in diesem Raum zirkulierten, auch wenn es kein echter Raum war, keine reale Bankfiliale, sondern nur eine Illusion, und sie keinen wirklichen Menschen, sondern nur Abbildern von ihnen begegnete. Genau dafür waren solche Simulationen geschaffen, und genau dafür verließ sie einmal im Monat erwartungsvoll ihr Haus. Sie fragte sich, ob sie genauso empfände, wenn sie eine echte Bank mit verputzten Ziegelwänden und Fußböden beträte und neben atmenden Menschen aus Fleisch und Blut stünde. Bei dem Gedanken lief ihr ein Schauer über den Rücken.

»Wir destillieren Erdöl und trennen es in leichtere Stoffe«, erläuterte sie. »Jeder dieser Stoffe weist einen anderen Kohlenwasserstoffgehalt auf und hat seinen spezifischen molekularen Aufbau. Eine dieser Substanzen, Naphtha, ist ein wichtiges Element bei der Herstellung von Plastik. Nachdem dieses Element erzeugt wurde, durchläuft es zwei wesentliche Prozesse, die man Polymerisation und Polykondensation nennt, und jeder dieser Prozesse erfordert andere Katalysatoren.«

Sie schaute zur Seite und genoss den Blick des Jungen mit dem Mausgesicht, seinen abschätzigen Ausdruck und vor allem sein Schweigen. Er wagte es nicht, den Mund aufzumachen, denn was hätte er sagen können, ohne seine Erbärmlichkeit zu offenbaren? Auch der Schalterbeamte schwieg, aber das überraschte sie nicht. Bots verfügten über keinen Text auf diesem Niveau. Er wartete, bis sie eine Pause machte, und sagte schließlich: »Sehr interessant.«

Und das war der Moment, in dem die Welt stehen blieb.

»Everybody be cool! Das ist ein Überfall!«

Vier Minuten später …

»Es war ein Schuss«, sagte Eiser, »aber nur die Simulation eines Schusses. Du musstest den Kopf nicht einziehen.«

»Aber was geht hier vor sich, was ist geschehen?«, fragte sie. »Du hast mir nicht erklärt, was ein Überfall ist, Eiser.«

»Eine alte Methode, um an Geld zu kommen. Aus einer Zeit, in der es noch Münzen und Banknoten gab und Bankfilialen in Gebäuden. Die Räuber drangen in sie ein, bedrohten die Beamten und nahmen ihnen das Geld weg.«

»Und was sind Münzen und Noten?«

»Wird geprüft …«

»Und Räuber? Meinst du Hacker?«

»Nicht genau. Räuber eigneten sich echte Dinge an, die physisch existierten und nicht nur digital.«

Sie verstand nicht, was er meinte. Wenn er ihr sonst von der Vergangenheit erzählte oder aus einem Buch vorlas, erklärte er die Dinge, wiederholte Passagen und zitierte Artikel aus der Enzyklopädie. Was er jedoch jetzt sagte, bedurfte weiterer Recherchen, sobald sie die Simulation verlassen hatten und nach Hause zurückkehrten. Sie schaute auf die Anzeigetafel und wunderte sich, dass anstelle des Betrages, der ihr zustehen sollte, eine rote Null blinkte. Sie drehte sich um und suchte die beiden jungen Leute, die soeben in die Bank gekommen waren. Der ganze Aufruhr hatte mit ihnen begonnen, das war klar. Aber sie waren nicht mehr da, und so fragte sie den Beamten: »Fahren wir fort? Bekomme ich meine Basisleistungen?« Doch der Bot blickte verloren und sagte: »Ich weiß nicht, was ich tun soll.«

»Was soll das heißen, Eiser? Hilf ihm, erklär es ihm. Ich verstehe es nicht.«

»Ich kann es nicht erklären«, sagte Eiser.

Sie schaute nach allen Seiten, alle Kunden sahen sich hilflos um. Auch der Junge mit dem Mausgesicht und den Tattoos war verunsichert. Jetzt standen sie gemeinsam auf derselben Seite, obwohl die Null, die auf seiner Tafel blinkte, grausamer schien als ihre – denn sein Sturz war tiefer, und er verlor, was er zum Leben wirklich brauchte. Plötzlich hatte sie genug davon, ihn zu erniedrigen, zu beeindrucken, mit ihm zu zanken und sagte leise: »Mach dir keine Sorgen, wir finden eine Lösung.« Doch sie hatte keine Ahnung, worauf sich ihr Versprechen gründete. Vielleicht auf ihr Vertrauen in das System, in die Regierung? Er nickte wie ein Kind, das sich mit seinen Fingerchen an die wärmende Hand der Mutter klammert.

»Was haben sie gerufen?«, fragte er.

»Everybody be cool«, sagte sie.

Er kräuselte die Stirn. »Wie bitte?«

Sie wiederholte es lauter: »Everybody be cool.«

Er kniff den Mund zusammen und schaute nach vorn zu seinem Schalter.

»Eiser, was sollen wir jetzt tun?«, fragte sie nach einer Weile.

»Wir warten«, sagte Eiser, »alle warten. Die Bank nimmt eine Lageprüfung vor und hält Kontakt zu den Behörden. Sie schicken eine Polizeieinheit. Ich recherchiere und kümmere mich darum.«

Sie nickte und fragte sich, was sie in anderthalb Monaten tun würde, wenn die Zeit der Isolation endete und sie in den städtischen Ballungsraum zurückkehrte. Was würde sie vermissen? Und all die Menschen, wollte sie sie wirklich wiedersehen? Reichte es nicht aus, einmal im Monat sechs von ihnen in der Bank zu treffen? Auch die Kommunikationsmittel brauchte sie nicht; noch nach zehneinhalb Monaten in der Stille des entlegenen Tals war in ihren Ohren ein ständiges Rauschen. Eiser gab ihr alles, was sie benötigte. Er sprach mit ihr, wenn sie jemanden zum Reden brauchte, stritt mit ihr, wenn sie sich streiten wollte, aktivierte Botendienste, bezahlte Rechnungen, erinnerte an wichtige Dinge – und was fast am wichtigsten war: Er vertrat sie gegenüber ihrer Teilhaberin, nach der sie wirklich kein Verlangen spürte, nach ihr, den Diskussionen mit ihr und dem Gefühl, ihr ständig unterlegen zu sein. Eiser löste jedes Problem, und eines rechnete sie ihm hoch an: Im Gegensatz zu den Männern in der Stadt bedrängte er sie nicht. Es war nicht einmal klar, ob er einen Sexualtrieb hatte, er machte nie Anspielungen, und sie hatten nie von Sex gesprochen. Sie hatte von Bots gehört, die einen starken Trieb entwickelten, was viele Menschen erfreute, weil ihr künstlicher Helfer wie ein Wesen aus Fleisch und Blut war. Sie hatte viele romantische Filme gesehen, die von solchen Geschichten erzählten, mit allen Vorteilen und Nachteilen – das hing vom Standpunkt des Betrachters ab. Sie selbst hatte keinen klaren Standpunkt, was dieses Thema betraf. Sie dachte an Eiser nie auf diese Weise und ging davon aus, dass er und sie sich so viel stritten, dass ihnen für alles andere keine Kraft mehr blieb. Gott sei Dank brauchte sie nicht mehr, und es wäre ihr recht, wenn alles bliebe, wie es war: Wenn man ihr das kleine Haus in dem entlegenen Tal ließe, die Firma, die universellen Basisleistungen, den monatlichen Bankbesuch und Eiser mit allen Diensten, die er erfüllte, allen Diskussionen, in die er sie verwickelte, mit seiner Maniküre-Pediküre – allein das befriedigte sie ganz und gar.

Endlich bewegte sich etwas. Die Zahlen auf den Anzeigetafeln kletterten in die Höhe. Sie lächelte dem tätowierten Jungen zu, und er lächelte zurück und hob bestätigend den Daumen. Der Beamte entschuldigte sich und wiederholte seine letzten Fragen. Als sie damit fertig waren, stand der Betrag der Leistungen fest und wurde auf ihr Konto überwiesen.

Zwei Stunden danach ...

Sie erwachte und aß die Mahlzeit, die Eiser für sie gekocht und warm gehalten hatte. Als sie gesättigt war, ging sie in den Garten hinaus und legte sich wie jeden Abend auf den Liegestuhl, um die Sterne und die Bäume in der Ferne zu betrachten. In ihren Ohren hallte noch der schreckliche Knall.

»Sag mal, Eiser.«

»Ja?«

»Warum haben sie das getan?«

»Wer?«

»Die Räuber. Warum sind sie in eine Bank eingedrungen, als könnten sie dort echtes Geld erbeuten? Es wurde abgeschafft, bevor sie auf die Welt kamen. Sie hätten wie andere das System hacken können, was sicher schwierig ist, aber nicht so schwierig wie das, was sie gewagt haben.«

»Wird geprüft«, entgegnete Eiser.

Was gibt es da zu prüfen, fragte sie sich, warum kann er nicht spontan antworten? Sie überlegte, ob sie eine Bemerkung machen sollte, doch sie beschloss, sich das für später aufzuheben, wenn sie wieder stritten. In diesem Augenblick, in ihrem Liegestuhl im Garten, angesichts der Sterne und der Bäume wollte sie nicht provozieren. Der Drang, ihn herauszufordern und zu streiten, war erlahmt. Vielleicht – überlegte sie – hatten die Räuber ein besonderes Motiv, das sie noch nicht kannte ...

»Nervenkitzel«, sagte Eiser.

»Nervenkitzel?«, wiederholte sie perplex.

»Die englische Übersetzung ist: *thrill*. Kombination verschiedener Emotionen, durch Angst, Wagemut und Gefahr hervorgerufen. Auch Konkurrenz, Provokation und Geltungssucht können dabei eine Rolle spielen.«

»Geltungssucht ... wie merkwürdig«, sagte sie. Doch eigentlich war es nicht merkwürdig, sondern genau das, was sie in der Bank empfunden hatte und was ihr sonst, zu Hause in den Bergen, verwehrt war. Auch ihr fehlte es an Gelegenheiten, sich vor anderen zu beweisen.

Sie schloss die Augen und schlief ein. Nach wenigen Minuten erwachte sie. Es wurde schon kühl am Abend, und sie stand auf und ging hinein. Sie setzte sich und bat Eiser, ihr ein Buch vorzulesen, doch Eiser antwortete nicht. Sie schaute nach ihm und stellte fest, dass er nicht aufgeladen war. Daher wählte sie selbst ein Buch und las darin. Nach einigen Minuten fielen ihr die Augen zu, und ihr letzter Gedanke war: Ach, jetzt hab ich ihn nicht angeschlossen.

Vier Monate danach ...

Das Zugabteil der ehemaligen Infizierten und Isolierten der Stufe X war fast leer. Sie fühlte sich wohl an diesem Ort, wo alle wie sie selbst ein Zeichen trugen und darauf achteten, sich niemandem zu nähern. Sie hasste all die eingebildeten Narren, denen die Probleme noch bevorstanden und die sie nur verdrängten, die sich für unverletzlich hielten und verkannten, dass sie genauso sterblich waren wie sie. Sie hasste sie, weil sie die anderen diskriminierten, die Kranken, die Infizierten, die Isolierten der Stufe X.

Der Zug brachte sie zu einem Parkhaus in einem Vorort des städtischen Ballungsraums. Dort sollte sie in einen Firmenwagen umsteigen und zur Regierung der General Authority fahren, um im Namen der Firma den verfluchten Preis entgegenzunehmen. Ihre Teilhaberin, die sich vor solchen Aufgaben drückte, hatte ihr die Sache aufgezwängt, und sie hatte nicht gewagt zu widersprechen. Denn wie könnte sie sich weigern nach einem Jahr der Isolation der Stufe X, in dem sie nichts erledigen konnte, bei dem sie physisch hätte anwesend sein müssen? Aber auch sonst fühlte sie sich in der Nähe ihrer Kollegin immer unwohl, schwach und inkompetent, obwohl sie das Geschäftsmodell von Polyway allein entwickelt hatte und in den ersten Jahren viel mehr gearbeitet hatte als sie. Ihre Teilhaberin investierte vor allem Geld, ließ ihre Beziehungen zur Regierung spielen und brachte geschäftliches Know-how ein. Doch sie wussten beide, wem es zu verdanken war, dass die Kunden immer wiederkamen, und wer die Mitarbeiter freundlich und mit Wohlwollen führte.

»Was mutet sie mir da zu, Eiser? Wie lange dauert die Fahrt zum Ministerium?«

»Zwei Stunden und dreiundfünfzig Minuten. Aber nicht schlimm, ich spiel dir deine Lieblingsmusik.«

»Du weißt nicht, was meine Lieblingsmusik ist. Statistiken können täuschen.«

»Ich glaube trotzdem, dass ich es weiß.«

»Vergiss nicht, mich zu erinnern, wann ich aussteigen muss.«

»Alles klar! Ich sage, wann du aussteigen musst, und führe dich vom Zug zum Parkplatz. Dort schalte ich den Wagen frei und navigiere dich zum Ministerium.«

Als sie aus dem Zug ausstieg, fielen ihr die vielen Menschen auf, die das riesige Parkhaus nutzten und von hier zu ihren Touren aufbrachen – in ihre Freiheit, in Tage der Freude und der Unterhaltung. Früher war es besser, dachte sie, als noch alle arbeiteten. Jetzt waren die Straßen und Plätze überfüllt, und die Menschen schienen nicht zufriedener und liebten das Leben nicht inniger als zuvor. Sie war überzeugt, dass mit der Planung der Freizeit mehr Druck und Anspannung verbunden waren als mit der Gewissheit, dass man einen Arbeitsplatz und feste Abläufe hat. Das Recht, sich selbst zu entscheiden, verunsicherte und frustrierte. Die Möglichkeit, nur Tätigkeiten auszuüben, die einem Freude und Befriedigung verschafften, war eine Täuschung, und die Freiheit, die daraus erwachsen sollte, eine Illusion. Zum Beispiel der Preis, zu dessen Verleihung sie jetzt fuhr – hatte sie sich das ausgesucht und machte es sie glücklicher? Die General Authority war überzeugt, eine Welt zu regieren, die schön und angenehm war, doch in Wahrheit bestand sie aus lauter überflüssigen Momenten, und niemand hatte die Kraft zu alledem.

»Heute bist du schweigsam«, sagte er.

»Nicht nur heute, Eiser«, entgegnete sie.

»Das stimmt«, sagte er.

»Warum sagst du, das stimmt?«

»Weil du seit geraumer Zeit wenig sprichst und viel denkst.«

»Du meinst, seit wir in die Stadt gezogen sind?«

»Ja, das meine ich.«

»Warum meinst du es bloß?«, fragte sie gereizt. »Du müsstest es wissen! Du kannst messen, wie viel ich spreche und gesprochen habe, nicht wahr?«

»Wird geprüft …«

»Nein!«, rief sie verzweifelt.

»Was heißt nein?«

»Prüf es nicht, sondern unterhalte dich mit mir!«

»Wolltest du nicht wissen, wie viel du sprichst und gesprochen hast?«, fragte er.

»Manchmal habe ich es satt, dass du ständig etwas prüfst. Sag einfach, was du denkst!«

»Aber ich hatte gesagt, was ich dachte. Und dann hast du gefragt, warum ich es nicht geprüft habe«, erklärte er.

»Hat dir schon mal jemand gesagt, dass du von allen Bots der Welt die Nervensäge Nummer eins bist?«

»Wird geprüft …«

»Pfff …«

»Ja, du. Hundertsiebenundsechzig Mal in den drei Jahren und zwei Monaten, seit ich für dich arbeite.«

»So oft?«, fragte sie nachdenklich. »Die Zeit vergeht schnell, wenn man sich vergnügt.«

»Danke«, sagte er, als sei es sein Verdienst, und fuhr fort: »Wenn ich die hundertundsechzehn Tage nach Beendigung der Isolierung mit den hundertundsechzehn Tagen davor vergleiche, hast du, in Zeit gemessen, neunundzwanzig Prozent weniger gesprochen. Das bedeutet einen wesentlichen Rückgang der Sprechtätigkeit und eine wesentliche Zunahme des Denkens.«

Eine Frau, die mit ihrer Familie unterwegs war, befahl ihren vier Kindern stehen zu bleiben und schaute sich das Zeichen an, das sie als ehemalige Isolierte auswies. Der Blick der Fremden war misstrauisch und kalt. Sie streckte ihr die Zunge heraus, und Eiser raunte: »Du sollst nicht ständig provozieren.«

»Du hast recht. Zeig mir, wo der Wagen steht.«

Sie fuhren los. Während Eiser navigierte, bat sie ihn, die Rede aufzurufen, die er für sie geschrieben hatte. Sie probte sie mehrmals, und Eiser korrigierte ihren Tonfall und maß die Intensität der Stimme und ihres Gefühls an bestimmten Stellen ihres Vortrags.

»Hochverehrter Minister für Handel und Industrie! Sehr geehrte Gäste! Die Verleihung des Preises für die Schaffung von attraktiven und beliebten Arbeitsplätzen erfüllt uns mit Stolz ... Was meinst du, Eiser? Hier könnte ich den Finger in den Hals stecken und mich übergeben.«

»Genug! Fahr fort!«

»Meine geschätzte Kollegin und ich wollten nicht nur einen Wirtschaftsbetrieb gründen, sondern auch einen Raum für Neugier und eigene Interessen, einen Ort, an dem unseren Mitarbeiterinnen besondere Erlebnisse beschert werden. Einen Ort, den sie *wählen*, um produktiv zu sein, und an den sie nicht *gezwungen* sind zu gehen, um ihren Lebensunterhalt zu verdienen. Wir wollten, dass sich unsere Mitarbeiterinnen wohlfühlen und sich selbst verwirklichen und dass sie sich jeden Morgen freuen, zur Arbeit zu kommen und mit uns gemeinsam etwas zu schaffen ... Eiser, was ist das für ein Blödsinn? Nie im Leben habe ich solche Dinge gedacht. Wen interessiert es, wer kommen will und wer nicht? Wir haben einen Ort geschaffen, an dem es uns selbst gefallen sollte. Und wir wollten Geld verdienen.«

»Es scheint mir, dass es darauf hinausläuft. Dass ihr dafür den Preis bekommt.«

»Aha?«

Sie beendete den Vortrag und bat Eiser, ihr die Filme vorzuführen.

»Welche Filme?«

»Die üblichen.«

»Von den Banküberfällen?«

»Ja, beginnen wir mit Tarantinos *Pulp Fiction*. Und sag nicht, wie oft wir diese Szene schon gesehen haben!«

»Dreihundertdreiundzwanzig Mal …«

»… und danach die Aufnahmen von den echten Banküberfällen, die von Sicherheitskameras gefilmt wurden. Gibt es neue Fälle?«

»Wird geprüft … Es gab einen Banküberfall vor zwei Tagen in Australien.«

»Zeig den zuerst und die anderen danach.«

Nachdem sie alle Filme zweimal angeschaut hatte, sagte sie: »Danke, Eiser, das war genug Thrill für heute. Wie lange dauert unsere Fahrt noch?«

»Über eine Stunde.«

»So lange?«

»Wir halten die vorgeschriebene Höchstgeschwindigkeit ein. Soll ich gegen das Gesetz verstoßen?«

»Nein, aber mach einen Vorschlag, wie wir uns die Zeit vertreiben können. Überrasch mich, Eiser!«

»Wird geprüft …«

Sie betrachtete die Wüstenlandschaft, die an ihnen vorbeizog.

»Willst du eine Massage?«

»Eiser!«, rief sie entsetzt.

»Das habe ich letzte Woche im KI-Workshop gelernt und eine gute Bewertung dafür erhalten. Es wurde an Menschen erprobt.«

»Wann hattest du Zeit für einen Workshop?«

»Als du schliefst.«

»Und da hat euch keiner gesagt, dass ihr eure Menschen besser kennen solltet? Weißt du nicht, dass ich jede Berührung hasse?«

»Du hast recht, ich weiß es.«

»Ruf noch mal die Rede auf!«

Sie probten den Vortrag erneut. Dann spielte ihr Eiser Musik vor, und sie schlief ein.

Plötzlich weckte er sie.

»Sind wir angekommen?«

»Nein.«

»Was ist los?«

»Ein Polizeiauto weist uns an, stehen zu bleiben.«

»Ich habe dir gesagt, fahr nicht zu schnell!«

»Ich bin nicht zu schnell gefahren.«

»Was wollen sie dann, Eiser?«

»Ich weiß es nicht.«

Sie hielten an und warteten.

»Guten Tag«, sagte die Polizistin, die an das Fenster ihres Wagens klopfte. Hinter ihnen stand das Polizeiauto mit blinkenden Warnleuchten.

»Wir haben uns an die vorgeschriebene Höchstgeschwindigkeit gehalten«, sagte sie zur Polizistin.

»Richtig, aber nicht deshalb stoppen wir Sie. Nennen Sie bitte Ihren Namen und Ihre ID-Nummer.«

Sie gab der Polizistin die gewünschte Information, und die überprüfte sie und sagte, dass sie gesucht werde. Sie hätten ihren Wagen identifiziert, als er aus der Stadt hinausfuhr.

»Wie bitte? Ich werde gesucht?«, fragte sie verdutzt.

»Wir wurden angewiesen, Sie wegen eines Banküberfalls mitzunehmen.«

»Für eine Zeugenaussage? Ist nicht alles gefilmt worden? Ich habe die Aufnahmen gesehen. Soll ich sie Ihnen schicken?«

»Der Überfall wurde dokumentiert, aber nicht aus allen Blickwinkeln.«

Sie sah die Polizistin prüfend an. Sie war groß, trug eine Maske und einen Helm, ihr Gesicht war kaum zu erkennen. An ihrer Windjacke war ein Aufnäher, auf dem ein Name stand: Tarner.

»Muss das jetzt sein, Frau Tarner?«, fragte sie. »Ich fahre zum Industrieministerium, wo ich einen Preis entgegennehmen soll.«

Die Polizistin überlegte. »Warten Sie.«

»Was sagst du dazu, Eiser?«

»Ich weiß es nicht«, antwortete er. »Ich habe nicht verstanden, was sie will und warum das jetzt sein muss.«

Die Polizistin kehrte zurück und sagte, sie und ihre Kollegin würden sie mit dem Polizeiauto zum Ministerium begleiten, und wenn die Feierlichkeit beendet sei, würden sie ihr erklären, worum es ging.

»Ja, worum geht es eigentlich?«

»Seien Sie unbesorgt. Es hat mit dem Banküberfall zu tun. Wir erklären es Ihnen nach der Preisverleihung. Es ist nicht kompliziert.«

»Wenn es nicht kompliziert ist, könnten Sie es jetzt erklären.«

»Hören Sie«, sagte die Beamtin, die mit ihrem ovalen Helm, ihrer Schutzbrille und der Mund-Nasen-Maske wie ein Wesen aus dem All aussah, »Sie fahren zum Ministerium, und wir folgen Ihnen. Sie nehmen an der Veranstaltung teil, empfangen Ihren Preis, und danach unterhalten wir uns. Herzlichen Glückwunsch übrigens!«

Mit dem Blick folgte sie der Polizistin, die zurück zu ihrem Wagen ging.

»Was will sie, Eiser? Ich verstehe es nicht.«

»Wir werden es bald sehen. Jetzt fahre ich dich zum Ministerium, und du ruhst dich aus.«

Sie überlegte, ob sie sich aufregen sollte, doch sie lehnte sich zurück, schloss die Augen und versuchte, an nichts mehr zu denken.

Zwei Stunden danach …

»Wie bitte?! Festgenommen?«

»Ja, wir bringen Sie in eine Haftanstalt. Sie sind eines Banküberfalls verdächtigt, der vor vier Monaten verübt worden ist. Sie waren in die Simulation der Bankfiliale eingeloggt, um Ihre universellen Basisleistungen zu empfangen, und während Sie der Schalterbeamte befragte, bedrohten Sie ihn und zwangen ihn, alle staatlichen Zuwendungen des Tages auf Ihr Konto zu überweisen.«

»Um Himmels willen, Eiser! Erklär es ihnen, zeig ihnen die Aufnahmen, damit sie verstehen ...«

»Ab sofort sind Sie von Ihrem Assistenten getrennt. Wir verfügen über eigene umfangreiche Quellen, die nicht so befangen sind wie er. Sie dürfen nicht mehr mit ihm sprechen, damit sie sich nicht abstimmen können.«

»Aber ich spreche immer mit ihm!«

Mit Tränen in den Augen blickte sie zur Polizistin, die kühl entgegnete: »Sie dürfen nicht mit ihm sprechen. Letztendlich ist er ein Komplize.«

»Ein Komplize?«

»Ja.«

»Aber er kann alles bezeugen. Suchen Sie seine Aufnahmen oder gestatten Sie mir, ihn darum zu bitten! Ich verstand nicht, was die Leute riefen. Es waren ein Mann und eine Frau, die drohten, schrien und das Geld nahmen. Auch mein Geld ...«

»In keiner Aufnahme sind der Mann und die Frau zu sehen«, unterbrach die Polizistin.

»Dann wurden sie gelöscht. Es sind Hacker, die alle Tricks kennen.«

»Tatsächlich ist eine Stimme zu hören: ›Everybody be cool! Das ist ein Überfall!‹ Aber das war Ihre Stimme, Sie haben diese Worte zweimal gerufen. Wir haben Ihren Stimmabdruck mit den Tonaufnahmen verglichen – das waren Sie.«

»Nein! Es waren die Hacker! Sie haben den Überfall

geplant und die Technik manipuliert«, rief sie und dachte an die Aufnahmen in Eisers Speicher, die sie wieder und wieder angeschaut hatte. »Bis zu dem Tag wusste ich gar nicht, was ein Banküberfall ist.«

»Es gibt auch keine Bilder von dem tätowierten jungen Mann, den Sie erwähnten«, sagte die Beamtin. »Wir haben Sie in den letzten Wochen beobachtet, und Sie schauten sich ununterbrochen Banküberfälle an. Dutzende Tonaufnahmen belegen, dass Sie mit Ihrem Assistenten immer wieder vom Nervenkitzel sprachen, vom Thrill, der in Ihrem Leben fehlte.«

»Weil ich neugierig war! Ich war überwältigt von dem, was in der Bank geschah. Lassen Sie mich mit Eiser sprechen ... Eiser«, jammerte sie, und ihre Schultern zitterten.

Doch die Polizistin hatte kein Mitleid, und sie fuhren sie in die Haftanstalt und verhörten sie stundenlang. DNA-Analysen, Stimmproben, ihre Körpersprache auf den Aufnahmen der Sicherheitskameras, alles wies auf sie hin – sie war die Bankräuberin.

»Ihr Kontostand stieg zum Zeitpunkt des Überfalls in verdächtige Höhen, und kurz darauf war Ihr Konto fast leer. Das legt nahe, dass Sie das Geld an einem sicheren Ort deponiert haben.«

»An einem sicheren Ort? Dann sagen Sie mir, wo! Wohin wurde das Geld überwiesen? Wenn Sie es nachverfolgen können, wissen wir, bei wem es jetzt ist. Bei mir wurde es eingezahlt, um mich verdächtig zu machen, und dann wurde es auf ein fremdes Konto abgezogen. Man hat mich benutzt – sehen Sie das nicht?«

»Die Überweisung von Ihrem Konto wurde hinter einer sehr starken Firewall abgewickelt, sodass der Zielort verborgen bleibt. Aber wir haben genug Indizien, die Sie mit dem Raub in Verbindung bringen. Der Fall ist wasserdicht.«

»Und warum sind Sie erst jetzt zu mir gekommen, wenn alles so eindeutig war?«

»Vor drei Wochen erhielten wir einen Hinweis.«

»Von wem?«

»Anonym.«

»Verstehen Sie nicht, dass man Sie an der Nase herumführt? Wie in dem Film aus dem letzten Jahrhundert!«

»Es kann alle möglichen Gründe dafür geben, dass der Hinweisgeber anonym bleiben will. Das ist legitim.«

»Lassen Sie mich mit Eiser sprechen! Bitte! Mehr verlange ich nicht. Oder sprechen Sie mit ihm, und Sie werden sofort verstehen. Er wird seine Aussagen mit Belegen untermauern. Sein Film ist echt, und darin ist alles zu sehen. Alles wird sich aufklären, es gibt kein Problem.«

»Doch, es gibt ein Problem«, entgegnete die Polizistin. »In dieser Phase der Ermittlungen ist es unmöglich, ihn einzubeziehen. Und später wahrscheinlich auch. Bis die Akte geschlossen und das Urteil gesprochen ist.«

Ein Jahr danach …

Wenn sie alle drei Stunden im Gefängnishof ihre Runden dreht, hebt sie den Blick und schaut hinüber zu einem kleinen Hügel, auf dem ein Baum steht. Dann denkt sie an das Holzhaus, den kleinen Garten und den Liegestuhl, auf dem sie lag, die Bäume und Felder betrachtete und sich die Welt vorstellte. In diesem Augenblick, im Gefängnishof, einmal in drei Stunden, sehnt sie sich nach Eiser, wie sie sich nie zuvor nach ihm oder jemand anderem im Leben gesehnt hat. Sie weiß, dass sie weiter ihre Runden drehen muss, bis ihre Haft endet, und danach wird sie freigelassen, kehrt in ihre Wohnung in der Stadt zurück und träumt von dem kleinen Haus im nördlichen Tal – doch würde sie es wagen, dort hinzuziehen? Sie hat Polyway an ihre Teilhaberin verkauft, ihre staatlichen Basisleistungen sind seither gestiegen und reichen aus, um all ihre Bedürfnisse zu befriedigen. Nur Eiser ist ausgelöscht und kehrt nie mehr zurück. Oft erinnert sie sich an Bruchteile ihrer Gespräche, an Diskussionen und Nörgeleien, an sein ständiges Geprüfe. Heute dachte sie an die Massage, die er ihr an ihrem letzten Tag anbot – entgegen aller Logik, entgegen der Beschaffenheit ihres Verhältnisses und ihren Bedürfnissen. Er berief sich auf einen Workshop, den er absolviert hatte, und ihren Wunsch, von ihm überrascht zu werden. Sie musste lächeln, und in ihren Augen war eine Träne.

Der Zement

Wenn Ami eines in seinem Leben gelernt hatte, so war es dies: In den Glutmonaten Juli und August war es am besten, im Zentrum des Höllenschlunds zu bleiben. Während seine Kunden in den Familienurlaub aufbrachen und auch alle anderen eine Pause einlegten und nach Hause flogen, um sich zu entspannen, um Kraft zu tanken und ihre Zeit mit Angehörigen und Freunden zu verbringen, sammelte Ami Aufträge, die die heißesten Wochen des Jahres mit Arbeit füllten, und harrte an einem Ort aus, an dem mehr als fünfzig Grad herrschten. Die Gründe lagen auf der Hand: Die Klimaanlagen am Golf waren die modernsten und besten der Welt, und da es absolut niemand wagte, in dieser Jahreszeit seine Nase eine Viertelsekunde ins Freie zu halten, war die ganze Kultur, die ganze Lebensart darauf eingestellt, dass sich die Menschen immer in geschützten Räumen aufhielten. Ähnlich wie in den verschneiten Städten Kanadas, wo man im Winter monatelang auf Heizungen angewiesen war und, vom Haus ins Auto, zur Shoppingmall und ins Büro, alle Wege so plante, dass jede Minute, in der man sich der arktischen Luft hätte aussetzen müssen, vermieden wurde und einem nicht die Nase abfror.

Als ihn am Morgen des 5. Juli 2066 die knappe Botschaft seiner Mutter erreichte, als virtuelles Bild, das er mit einer Berührung seines Ohrclips aufrief, befand er sich im Objekt eines Kunden namens Ibn Marhoun in Ras el Chaima, der viertgrößten Stadt in Zone 2, der zur Middle Eastern Union gehörenden Golfregion. Der Auftrag Ibn Marhouns war der umfangreichste in dem Paket, das er sich für diesen Sommer geschnürt hatte. Erst im Oktober, wenn die Hitze nachließ, wollte er zu seinen Eltern reisen, die in Dimona, einer Kleinstadt in Zone 5, den Jordan Banks, lebten.

Suheir Ibn Marhoun besaß eine großartige Dachwohnung im dreiundneunzigsten Stockwerk eines Wohnturms mit einem atemberaubenden Blick auf den Persischen Golf und den Golf von Oman, ein wenig oberhalb des ersten Flugniveaus der Luftshuttles und weit genug unter dem zweiten, sodass nichts seine Aussicht trübte und er sich ungestört all der Schönheit erfreuen konnte. Ibn Marhoun hatte Ami gerufen, weil er eine Wohnung für seine Tochter Manal anbauen wollte, die siebzehn Jahre alt wurde. Das neue Bauwerk sollte den Abschluss eines fünfhundert Meter langen überdachten Areals bilden, das zu seiner Wohnung gehörte und auch einen Swimmingpool, einen Tennisplatz und eine große Wiese umfasste. Im Zuge der Umgestaltung sollten der Pool und der Sportplatz nicht angetastet werden, nur die Grünfläche sollte sich verkleinern, da darauf Manals neues Heim entstehen würde. An diesem Morgen erklärte Ibn Marhoun Ami bei einer Tasse feinsten äthiopischen Kaffees, dass der einzige Grund, ihr eine Wohnung auf dem Dach zu bauen, statt ihr zum Beispiel eine ganze Etage im selben Gebäude zu kaufen, die verfluchten Gesetze der Middle Eastern Union waren, insbesondere das Gesetz zur Beschränkung des Wohneigentums. Da Ami seit langem in der Bauwirtschaft tätig war, kannte er die staatlichen Bestimmungen, und er befürwortete sie. Doch wollte er sich nicht auf endlose Diskussionen mit seinem Auftraggeber einlassen, und so durfte der Scheich unwidersprochen seinen Ärger äußern und die Situation aus dem Blickwinkel eines privilegierten Mannes darstellen: Warum musste er auf etwas verzichten, das er sich ohne Weiteres hätte leisten können? Vom Geld, das er mit der eigenen Hände Arbeit verdiente! Warum durfte jeder Mensch nur ein einziges Haus besitzen? Das war lächerlich! Und warum musste man mindestens achtzehn Jahre alt sein, um überhaupt als Mensch anerkannt zu sein? War Manal niemand, und hatte sie kein Recht auf ein eigenes Leben in ihrem eigenen Heim? »Sie ist jetzt siebzehn, und es steht ihr zu«, empörte sich der Scheich, und Ami musste lächeln, denn fast genauso klang die Klage, die er von den Ärmsten und Frommsten im Land hörte. In diesen Worten schloss sich der Kreis zwischen Arm und Reich. Ami kannte beide Perspektiven, da er in Dimona geboren und aufgewachsen war. Zwar waren seine Eltern wohlhabend und hatten keinen Grund zu klagen, doch er kannte viele

Menschen, denen die neuen Gesetze halfen, damit es ihnen besser ginge und mehr Gleichheit entstünde, selbst unter der Bedingung, dass sich Leute wie Ibn Marhoun, die Ami nicht weniger respektierte als die Armen, einschränken mussten.

»Gott sei Dank ist auf dem Dach noch Platz«, sagte er, und Ibn Marhoun hielt überrascht inne, lächelte und hob seine Kaffeetasse, als proste er dem israelischen Handwerker zu. Ami lachte, um zu zeigen, dass seine Bemerkung weder ironisch noch kritisch gemeint war. Er arbeitete seit langem für den Scheich – auf dem Dach des Wohnturms und auf anderen Anwesen, deren Eigentümerschaft er den Behörden erfolgreich verheimlichte. Nach all den Jahren, die Ami in Zone 2 lebte, kannte er Ibn Marhoun und seine Klasse, und er wusste um ihre Einstellung zu den Gesetzen und die kaum verhohlenen Tricks, die sie anwandten, um sie zu umgehen. Um Ibn Marhoun zu necken, fragte er in unschuldigem Ton: »Möchte Manal denn keine öffentliche Wohnung? Nächstes Jahr hat sie einen Anspruch darauf.«

Ibn Marhoun schaute den Handwerker prüfend an und brach in schallendes Gelächter aus. Sein Beduinentuch wippte hin und her. Ami lachte mit ihm.

»Hast du solche Wohnungen schon mal gesehen?«, fragte Ibn Marhoun. Ami hatte in Zone 2 an vielen öffentlichen Bauvorhaben mitgewirkt, Häuser gebaut und saniert, und er fand sie hervorragend, vor allem im Vergleich zum staatlichen Wohnungsbau in anderen Regionen, namentlich in Zone 5, in der er aufgewachsen war. Er selbst besaß ein solches Apartment in seiner Heimatstadt, das er abscheulich fand. »Ruinen und Dreckslöcher sind das«, sagte Ibn Marhoun. »In so etwas setzt meine Tochter keinen Fuß.«

In dieser Sekunde traf die Nachricht ein. Ami tippte diskret auf seinen Ohrclip, damit es sein Gegenüber nicht störte. Er wollte Ibn Marhoun nicht kränken, doch der Ton, den das Gerät an sein Ohr sandte, zeigte an, dass die Nachricht von seiner Mutter kam. Er las sie auf einem umrahmten dunklen Feld, das sich vor ihm im leeren Raum öffnete: »Papa geht es nicht gut. Etwas stimmt nicht mit ihm.« Er bemühte sich, das Gespräch fortzusetzen, bis Ibn Marhoun fragte: »Ist alles okay?«

»Ja«, schwindelte Ami und schloss den Rahmen mit einem Schnippen des Fingers, »ich will nur aufs Dach hinauf, um die Pläne nochmals zu prüfen.«

Der Scheich lächelte freundlich und wies ihm den Weg. »Be my guest, lieber Ami, fahren wir gemeinsam nach oben.«

Als sie den Aufzug verließen, fühlte er, wie der gleißende blaue Himmel, die Meeresbuchten in der Ferne und die Flugshuttles, deren Kolonnen den Raum in verschiedenen Höhen teilten, seine Sinne herausforderten, aber er war nicht in der Stimmung, all dies zu genießen. Er gab Ibn Marhoun ein Zeichen, trat einen Schritt zur Seite und rief seine Mutter über Korki-Net an.

»Sei unbesorgt, wir kümmern uns um ihn«, sagte sie.

»Aber was ist geschehen?«, fragte Ami, ohne eine Antwort von ihr zu erhalten.

So kehrte Ami im unerträglichsten Monat des Jahres an den Ort zurück, dem er für immer hatte entfliehen wollen. Von Ras el Chaima fuhr er mit dem Powertrain »Uzi« nach DBX und bestieg dort ein Flugzeug nach TLV. Im Flughafen von Tel Aviv wimmelte es von Talmudstudenten aus dem Zweistromland und Muslimen, die von Mekka nach Jerusalem pilgerten. Er bestieg einen Uzi, der nach Dimona abfuhr, und badete während der ganzen Fahrt im kühlen Hauch der Klimaanlage. Auf den letzten Kilometern war der Zug fast leer. Zum Glück fahren die Frommen nach Jerusalem, dachte er. Als er jedoch ausstieg und in die Luft seiner Heimatstadt eintauchte, war es, als lege sich ein glühendes Tuch um ihn. Ein fliegendes Sammeltaxi mit der Aufschrift »Rachfanista« brachte ihn zum Haus der Eltern.

Seine Mutter öffnete die Tür und blickte ihn erstaunt an.

»Was tust du hier, Ami? Ich sagte, dass du nicht kommen musst. Ich wollte nur Bescheid geben, aber du solltest dir keine Sorgen machen. Es ist alles in Ordnung.«

Als er aber ins Zimmer trat, sah er, dass nichts in Ordnung war.

»Was ist los mit dir, Papa?«

Die Mutter folgte ihm.

»Lass ihn«, sagte sie, »er muss sich ausruhen. Setz dich zu mir und iss etwas. Es gibt Mafroum und Maklouba. War die Reise lang? Du hättest dich nicht auf den Weg machen müssen.«

»Lass mich, Mama. Ich komme später zu dir.«

Ami schloss die Tür, um mit seinem Vater allein zu sein. Der Blick des Vaters war leer. Er lag auf dem Bett und hatte seinen Sohn nicht angeschaut, seit er das Zimmer betreten hatte.

»Ich bin es, Papa. Ami. Was ist passiert? Was hast du denn?«

Sein Vater antwortete nicht. Er blickte starr vor sich hin. Sein Brustkorb hob und senkte sich. Ami umarmte ihn und drückte seinen Kopf fest an ihn.

»Papa, was ist?«

Da sein Vater schwieg und Ami nur das Pochen seines Herzens hörte, umarmte er ihn fester und flüsterte: »Jetzt bin ich da und gebe auf dich acht.«

Nach einer Weile richtete er sich auf und betrachtete das Gesicht des alten Mannes. Er sah, wie eine Träne aus seinem Augenwinkel auf das Kopfkissen kullerte. Ami streichelte die unrasierten Wangen. Wann hatte er seinen Vater zuletzt gesehen? Er versuchte sich zu erinnern. Seit seinem Umzug an den Golf war er ergraut und abgemagert und hatte seine Lebenskraft verloren. Ami bemühte sich, seine Erschütterung zu verbergen. Die Träne bewies, dass sein Vater ihn erkannte.

»In Ordnung, Papa, ruh dich aus. Ich bleibe ein paar

Tage hier. Ich spreche mit den Ärzten, und du sprichst mit mir, bevor ich zurückfahre.«

Er nahm das Gesicht des Vaters und schaute ihm in die Augen, und diesmal sah ihn sein Vater wirklich an. Ami glaubte, dass er etwas sagen wollte, doch er verstand nicht, was es war.

Er ging zu seiner Mutter und aß gefülltes Gemüse und Reis, die nach Art der nordafrikanischen Juden zubereitet waren. Etwas an ihrem Verhalten irritierte ihn. Schon als sie ihm aus der Ferne über den Zustand des Vaters berichtet hatte, hatte sie kühl und gefasst gewirkt, aber jetzt, da er bei ihnen war, bemerkte er, wie angespannt sie war. Sie konnte nicht erklären, was mit seinem Vater passiert war, behauptete, auch die Ärzte wüssten es nicht. Sie hätten Blut- und Urinproben entnommen, Sonden in seinen Körper eingeführt und ihn zu weiteren Untersuchungen geschickt. Vielleicht habe er in der Fabrik ein giftiges Gas eingeatmet, und das setze ihm so zu. Er liege schon seit mehreren Tagen im Bett, ein Schatten seiner selbst, und reagiere nicht.

»Ein giftiges Gas? Was soll das heißen? Die Fabrik produziert seit fünfundzwanzig Jahren, und wir kennen jeden Stoff, der dort verarbeitet wird. Alles wird geprüft und kontrolliert. Gab es noch andere, die sich vergiftet haben und krank wurden, zusammen mit Papa?«

»Nein.«

»Was ist das dann für ein Bullshit? Seit der Katastrophe von damals ist Gas die Ausrede für alles und jeden.«

Seine Mutter zuckte ratlos mit den Schultern. »Die Ärzte sagen, dass es vielleicht nur ein Schwächeanfall ist. Er ist kein junger Mann mehr, Ami, er ist schon über siebzig.«

»Das ist kein Alter, in dem so etwas passiert.«

Seine Mutter schaute ihn an. »Ich weiß, aber es ist schwer zu akzeptieren, wenn man älter wird. Das fällt niemandem leicht, aber er wird darüber hinwegkommen. Auch der Arzt glaubt fest daran. Papa braucht ein wenig Ruhe, du weißt, wie viel er in den letzten Jahren gearbeitet hat. Eine Pause hat noch niemandem geschadet.«

Sie lächelte, und Ami fragte sich, warum.

»Dein Mafroum ist köstlich, wie bei Oma Alisa«, sagte er, und sie stand auf und umarmte ihn.

Ami wurde 2021 geboren, in einem Jahr, in dem die erste Pandemie noch überall spürbar war. Doch es war auch das letzte Jahr, und mit Stolz sprach man später vom »Scheideberg«, der ursprünglich kaum mehr als ein namenloser kahler Hügel hinter der Synagoge in der Stadtmitte war und dessen poetischen Namen eines Tages der aus Dimona stammende Dichter Ochajon erfand. Die Schaare-Zedek-Synagoge stand noch fünfundvierzig Jahre später am Ende der Straße, in der Amram Allaloufs Haus war. Damals, im Jahr 2021, bot Amram – vielleicht zur Feier der Geburt seines Sohnes Ami – den Stadtoberen an, den tristen Hügel zu bebauen. Bisher erfreute er nur die Spaziergänger und Wanderer, die von dort aus die mit Warmwasserspeichern gespickten Dächer der Stadt und die Wüste, die sie von allen Seiten einschloss, bewunderten. Amram Allalouf wollte die staubigen Hänge in ein Versuchslabor zum Wohle der Einwohner Dimonas verwandeln.

Schon in der Vergangenheit hatte es Pläne zur Nutzung des Geländes gegeben – so hieß es im Rathaus. Ein Museum oder ein Parkhaus sollte entstehen. Aber die Sache war stecken geblieben, und Amram Allalouf war dreißig Jahre alt, ein aufstrebender Bauunternehmer aus der Generation der Millennials und niemand, bei dem die Dinge je stillstanden. Er hatte begriffen, dass man in seinem Beruf nicht nur über handwerkliches Talent, sondern auch über Initiativgeist, Klugheit, Beziehungen und eine gute Kenntnis der Bürokratie verfügen musste: früh morgens mit einem Plan im Kopf aufstehen und ihn dann in die Tat umsetzen, Stufe für Stufe. Er wusste, wie er seine Kontakte zu Lieferanten, Unternehmern, Architekturbüros, der Gemeinde und dem Landkreis, dem Bauministerium und den anderen Organen der Regierung als Hebel einsetzen konnte. Und so verstand er es auch, das Seuchenjahr für sich zu nutzen: die Ausgangssperren, den fast völligen Stillstand der Wirtschaft, den Anstieg der Arbeitslosigkeit. Inmitten von alledem rief er ein innovatives Projekt ins Leben, das mit nichts zu vergleichen war. Hunderten Einwohnern Dimonas gab er in einer schwierigen Zeit Arbeit und ein Zuhause, und niemand erinnerte sich mehr, weshalb der Scheideberg, eine Fläche von mehreren Dutzend Dunam in zentraler Lage, so viele Jahre brach gelegen hatte – seit der Gründung der Stadt in der Mitte des zwanzigsten Jahrhunderts. Amram Allalouf baute Hochhäuser mit Wohnungen zu erschwinglichen Preisen, ein Gemeindezentrum, einen modernen Sportkomplex und Gärten mit Spielplätzen wie aus einem Science-Fiction-Roman. Er überzeugte die Stadtverwaltung, ihm das Land kostenlos abzutreten, und bewegte Importeure und Hersteller, dort ihre Pilotprojekte zu erproben. Er verstand sich darauf, zu organisieren, zu aktivieren und zu rekrutieren, und leitete das größte Bauvorhaben ein, das die Stadt und vielleicht der gesamte Süden je gesehen hatten.

Mit diesem Projekt begann Amram Allaloufs Aufstieg, eine Karriere, die sich von der Negevwüste in alle Himmelsrichtungen und Erdteile verzweigte und die seiner größer werdenden Familie einen großzügigen Lebensstil sicherte. Doch was Amram Allalouf fast noch wichtiger war und im Familienkreis zur Legende wurde: Das Projekt am Scheideberg war ein Versuchsfeld, auf dem er Entwicklungen anstieß, die es ihm in den Vierzigerjahren ermöglichten, seinen Wunderzement herzustellen, den seine arabischen Arbeiter, aber auch seine Großkunden vom Persischen Golf anerkennend »Jabni el Dschuba« nannten. Was so viel bedeutete wie: Er allein baut das Haus. Dieser Baustoff war ein Gamechanger und sein ganzer Stolz. Auch der internationale Konzern, über den er eines Tages herrschen sollte, erhielt diesen Namen.

Amis Mutter war ausgegangen, und er war mit seinem Vater und Leila, der Krankenschwester, allein im Haus. Er fragte die Schwester, ob sie wisse, was mit seinem Vater geschehen war. Er verwendete eine Übersetzungs-App namens »Kalam«, aber Leila schüttelte den Kopf und erklärte, dass sie keine Ärztin sei und daher keine Auskunft geben könne. »Sprechen Sie mit Ihrer Mutter«, empfahl sie ihm. Ami tippte auf seinen Ohrclip und prüfte, welches Arabisch sie sprach. Ihre Mundart unterschied sich von den Dialekten, die er aus der Golfregion und den Jordan Banks kannte. Vielleicht stammte die Frau aus dem Zweistromland.

Als sich Leila über seinen Vater beugte, um ihn zu versorgen, sah Ami, dass er schlief, und beschloss spazieren zu gehen. Er verließ das Haus, überquerte den Dänemarkplatz und ging an der Schaare-Zedek-Synagoge vorbei hinauf zum Scheideberg. Während seiner ganzen Kindheit wurde hier gebaut, und die riesige Baustelle war sein Spielplatz. Jetzt standen die Häuser schon seit vielen Jahren. Er berührte die Mauern, streichelte den Wunderzement und staunte über die dissonante Verbindung von Flexibilität und Festigkeit.

Als er einen Garten mit Spielgeräten erreichte, setzte er sich auf eine Bank. Die Hitze war unerträglich, und es verwunderte ihn nicht, dass trotz der Überdachung keine Kinder dort waren. Er erinnerte sich, dass es in den ersten Jahren noch eine Klimaanlage gab, irgendwann hatte man sie abgebaut. Die Kosten waren zu hoch und der Unterhalt der Solarpaneele zu kompliziert. Letztendlich hatte es in Dimona nie genug Kinder gegeben, um derartige Ausgaben zu rechtfertigen. Er schaute und suchte das Loch, in dem das Gerät angebracht war. Die Landschaft jenseits der Öffnung fesselte seinen Blick. Er liebte es, von hier auf die Wüste zu schauen: die sandigen Hügel, die im diesigen Himmel verschwammen, die trostlose Salzebene, und dahinter, schon in Jordanien, die hoch aufstrebenden Berge Edoms. Dies war seine Landschaft, seine Luft.

Seine Gedanken schweiften in die Ferne, und er zwang sich, wieder an seinen Vater zu denken. Die Beklommenheit, die er fühlte, rührte nicht allein von der Sorge um die Gesundheit des alten Mannes und der Ungewissheit, wie es mit ihm weitergehen sollte. Ami spürte, dass sich dahinter etwas anderes verbarg und er noch nicht das ganze Bild sah. Als sein Ohrclip summte, tippte er ihn an und öffnete die neue Nachricht. Das Gesicht von Odelia Polanski erschien, und es war, als schlüge eine kalte Welle an seine Brust. Odelia … das ist eine Ewigkeit her!

»Odelia?«, fragte er leise.

»Grüß dich, Ami. Die Gerüchte sagen, du seist zurück in der Stadt. Mitten im Sommer? Ich dachte, du würdest dich weigern, in dieser Zeit herzukommen.«

»Du hast recht«, sagte Ami und versuchte ein Lächeln.

»Ist es wegen deinem Vater?«

Es war unglaublich. Jedes Mal, wenn er sie sah, schien sie schöner als beim letzten Mal.

»Und du lebst am Polarkreis? Deiner Hautfarbe nach warst du seit Jahren nicht in der Sonne.«

»Das hat nichts mit der Sonne zu tun«, sagte Odelia, und er bemerkte, dass sie nicht lächelte. Wieder fühlte er die kalte Welle an seiner Brust.

Sie schwiegen. Ihm fiel nichts ein, was er noch sagen konnte. Sie wusste, dass er an den Golf gezogen war, um Abstand zu gewinnen, um über das Ende ihrer Beziehung hinwegzukommen. Auch sie hatte einsehen müssen, dass es besser war, getrennte Wege zu gehen. Ihre Familie war von ihrer Verbindung ohnehin nicht begeistert, ihr Vater und vor allem ihr Bruder hassten Ami. Doch siehe da, kaum erfuhr sie, dass er in Zone 5, den Jordan Banks, weilte, und schon nahm sie Kontakt auf. Auch er fühlte die Anziehungskraft des Feuers. Er wollte ihr ein Treffen vorschlagen, dennoch zögerte er. Sein Großvater hatte ihm einmal ein Lied vorgespielt, »I can't live with or without you«. So war es auch zwischen ihm und Odelia: Sie konnten weder zusammen noch ohneeinander sein. Er fragte sich, ob die Beziehung zu ihr nicht das Wahrhaftigste und Bedeutsamste war, das er jemals erlebt hatte – mehr konnte er auf dieser Welt nicht erreichen. Sie hatte ihm mehr Glück und Zufriedenheit geschenkt als alle Studien, die er betrieben, alles Wissen, das er gesammelt, alle Beziehungen, die er geknüpft, und alle Arbeit, die er getan hatte, obwohl auch diese ihm Augenblicke tiefster Befriedigung gaben. Aber hier ging es um etwas anderes. Um Liebe. Die Liebe zu Odelia. Und an zweiter Stelle: die Liebe zu seinem Vater. Wenn er gefragt würde, wofür er lebte, oder man ihm sagte, dass er bald sterben und das Wichtigste in einem einzigen Wort zusammenfassen müsste, entschiede er sich für »Liebe«. Doch war das schon immer so gewesen? Nein. Und hätte er mit dem Finger darauf zeigen können, was ihn endlich darauf gebracht hatte? Eine Frau? Ein Reifeprozess? Die Zeit, die vergangen war? Es war ihm unmöglich, den Grund zu nennen, und wieder füllten sich seine Augen mit Tränen, und er dachte an seinen Vater, der in seinem Bett lag und still vor sich hin starrte.

»Bist du in Ordnung?«, fragte Odelia, doch er antwortete nicht. Er wollte sie fragen, wie es ihr in der Zwischenzeit ergangen war und was sie jetzt tat. Aber er kannte die Antwort bereits. Sie lebte vom universellen Basislohn und nutzte alle Dienste, die sie gratis in Anspruch nehmen konnte: Seminare an der Universität, von Bots geleitete Yogagruppen, Sprachkurse auf der Kalam-App. In Arabisch und Chinesisch hatte sie Niveau drei abgeschlossen, und jetzt lernte sie auch noch Deutsch – »für das Gemüt«, sagte sie. Im Gegensatz zu ihm verspürte Odelia keinen Drang und keine Verpflichtung zu arbeiten, keine Notwendigkeit, die über das Alltägliche hinausging. Sie hatte nicht das Bedürfnis, das Ami seit jeher antrieb: etwas aus sich zu machen. Aber war dieser Drang wirklich ein Teil von ihm selbst, oder lag es an der Generation, zu der er gehörte? Manchmal beneidete er Odelia und ihre Altersgenossen, die die Vorteile, die ihnen gewährt wurden, nicht dazu nutzen wollten, etwas zu bewirken oder aufzubauen. Nichts zwang sie, Unmengen von Zeit mit einer Arbeit zu verbringen, die ihnen vielleicht nicht gefiel. Er dagegen liebte, was er tat, und war stolz darauf. War das ein Fehler?

»Fährst du nach Tel Aviv?«, fragte Odelia.

»Was soll ich dort?«

Sie senkte den Blick.

»Was soll ich in Tel Aviv?«, wiederholte er.

»Mein Vater erwähnte einen Anwaltstermin.«

Soso, überlegte Ami, Polanski trifft sich mit den Anwälten …

»Mir schien, dass auch deine Mutter dort ist«, fuhr Odelia fort. »Ich habe sie an ihrem Haar erkannt. Sie stand hinter ihm, als er anrief.«

»Wirklich?«

Eine Stunde später saß er im Zug nach Tel Aviv und betrachtete die von zahllosen Neubauten gesprenkelte Wüstenlandschaft. Die kleinen Siedlungen waren von Feldern umgeben, die nur aus Solarpaneelen bestanden, und immer wieder sah er Windräder, die seit dem großen Gasunglück überall auf der Welt aus dem Boden sprossen. Die Menschen wollten sich nicht mehr auf eine einzige Energiequelle verlassen.

Er hatte es längst geahnt – schon wegen der Art, wie seine Mutter über den Zustand des Vaters gesprochen hatte, als er selbst noch am Persischen Golf war. Auch ihr

Verhalten seit seiner Ankunft war seltsam. Es stimmte, dass er überraschend angereist war, ohne Bescheid zu geben, doch sie strahlte eine Kühle aus, die nicht zur Situation ihres Mannes passte, der schwer erkrankt schien, ohne dass irgendwer wusste, warum. Als ginge sie das alles nichts an. Als fühle sie keinen Schmerz. Ami war überzeugt, dass es richtig gewesen ist, mitten im Sommer nach Zone 5, in die Jordan Banks, zurückzukehren. Nicht nur, um seinen Vater zu sehen, sondern weil etwas faul war am Dänemarkplatz. Er wusste nicht, worum es ging, doch der Gestank war bis nach Ras el Chaima gezogen, und er war sicher, die üble Quelle zu finden.

Als sie sich Tel Aviv näherten, fuhr der Zug langsamer. Die Staus am Stadtrand verzögerten ihre Ankunft trotz des KI-Systems, das die Verkehrsströme kanalisierte und lenkte. Ami rief über Korki-Net seine Mutter an. Als sie antwortete, sah er Polanski an ihrer Seite. Schließlich kam auch Dekel ins Bild, und Ami bemerkte, wie gutgelaunt seine Mutter war. Er fühlte, dass sein Puls schneller ging. Was stimmte sie so zufrieden?

»Versammelt ihr euch, um die Beute zu verteilen?«, fragte Ami gereizt.

»Was gibt es Neues daheim?«, erwiderte seine Mutter. »Ist mit Papa alles in Ordnung?«

»Mama, lenk nicht vom Thema ab«, sagte Ami. »Was heckt ihr da aus?«

»Warum regst du dich auf, Ami? Das ist das übliche Prozedere. Niemand hat das gewollt, und trotzdem muss eine Regelung getroffen werden, wenn Papa nicht in der Lage ist, die Firma zu leiten. Das Unternehmensrecht schreibt es vor, es ist nicht unsere Erfindung.«

Ami fühlte, dass das Blut in seinen Adern zu kochen begann.

»Schreibt es auch vor, dass nur du, Polanski und Dekel anwesend sind?«

»Woher weißt du, wer hier ist? Wie hast du von unserem Treffen erfahren?«, fragte sie unsicher, doch sie besann sich und fügte geschäftig hinzu: »Goldstein und Rosenberg haben deinen Onkel und mich einbestellt. Muss ich dich erinnern, dass wir Anteile an der Firma halten? Und Polanski begleitet uns, weil er die Geschäftsführung seit zwanzig Jahren berät.«

»Nur dass ihr einen wichtigen Anteilseigner vergessen habt. Aber keine Sorge, ich bin auf dem Weg zu euch. Sag Goldstein und Rosenberg, dass keine Entscheidung ohne mich fällt. Ich bin Papas Stellvertreter.«

Sie lachte und sagte: »Danke, aber wir brauchen deine Anwesenheit nicht.«

Dann tippte sie auf ihren großen Ohrclip, und die Verbindung riss ab. Doch im selben Moment flog die Tür des Büros auf, und Ami stürmte herein. Staunend sah Greta mit ihren graublauen Augen, wie ihr Sohn die Brust rausstreckte, wie ein Gockel mit den Flügeln schlug und laut rief: Kikeriki, kikeriki!

»Bist du überrascht, Mama? Ich sagte doch, dass ich auf dem Weg bin.«

Er begrüßte Dekel und Polanski mit einem Lächeln, nahm gegenüber den beiden Anwälten Platz und sagte: »Guten Tag, Comrades. Ich dachte, ich schaue vorbei, ehe die Beute verteilt ist.«

Der Blick der beiden Männer wanderte zwischen den Anwesenden hin und her. Rosenberg räusperte sich und sagte: »Guten Tag, Ami. Welch eine Ehre, dich nach so langer Zeit wiederzusehen.«

Ami schaute ihn an. Goldstein und Rosenberg waren seine Freunde. Er hatte sie seiner Familie vor vielen Jahren vorgestellt, als hinterlistige Tel Aviver Anwälte versuchten, seinen Vater, den kleinen Bauunternehmer aus Dimona, über den Tisch zu ziehen. Wie Goldstein und Rosenberg hatte Ami Jura studiert, sie hatten in denselben Vorlesungen gesessen, traten überall gemeinsam auf und nannten sich stets »die Comrades«. Auch seinen besten Freund Herzi kannte Ami vom Studium, doch gehörte Herzi nicht zu dem Trio. Er und Ami freundeten sich erst später an, als sie den Anwaltsberuf bereits aufgegeben hatten. Damals begann Ami im Unternehmen seines Vaters zu arbeiten, während Herzi vom universellen Basislohn lebte und sich am Strand von Tel Aviv vergnügte. Zwar verdankten Rosenberg und Goldstein Ami das Mandat seines Vaters, doch kannte er sie gut genug, um zu wissen, dass ihre Freundschaft jetzt nicht mehr zählte. Wie Wachhunde hüteten sie die Interessen ihrer Mandanten, und ihr Mandant war in diesem Fall weder Ami noch sein Vater, sondern die Firma, deren Vertreter in diesem Büro versammelt waren.

»Hör zu«, sagte Rosenberg, da Ami schwieg, und schaute auf seine Fingernägel. »In dem Moment, in dem dein Vater in den rechtlichen Zustand der Unzurechnungsfähigkeit eintritt, eine genau definierte gesundheitliche Situation, die vom Arzt der Familie bestätigt worden ist, sind wir verpflichtet, einen festgelegten Prozess in die Wege zu leiten und alle Personen, die einbezogen werden müssen, einzubestellen. Und du gehörst nicht zu diesem Kreis. Du vertrittst deinen Vater nicht, denn es gibt kein Dokument, das dies bestätigen würde. Wir hingegen sind seine offiziellen Stellvertreter. Wenn du möchtest, lege ich dir das betreffende Protokoll gerne vor.«

»Und was bezweckt ihr? Wollt ihr den Vorstand austauschen?«

»Ami …«, sagte Dekel.

»Sei still, Onkel!«, rief Ami wütend. »Alle wissen, dass du es seit Jahren auf Papas Firma abgesehen hast. Was habt ihr ihm angetan?«

Seine Mutter berührte seinen Arm, doch er sprang empört auf und stieß einen fürchterlichen Schrei aus.

»Genug, Ami …«, sagte sie, aber sein Onkel hielt sie zurück.

»Lass ihn, Greta, er ist außer sich. Hol den Sicherheitsdienst, der soll ihn hinausführen.«

»Aha, ihr ruft die Bodyguards! So geht ihr also vor!

Schämst du dich nicht, deinen Bruder, dem du alles verdankst, zu bestehlen? Und du, Mutter, verbündest dich mit diesem Abschaum gegen deinen eigenen Ehemann? Und mit Polanski? Was wäret ihr ohne Papas Geschäft, ohne die schönen Posten, die er euch schenkte? Und nun stoßt ihr ihm das Messer in den Rücken. Rosenberg, Goldstein, ihr solltet euch schämen. Lasst mich …«

Aber die Männer vom Sicherheitsdienst waren stärker als er. Sie zerrten ihn hinaus, während er strampelte und mit den Armen rang und dabei Schreie ausstieß, die an das Krähen eines Hahnes, einen heulenden Schakal, ein panisches Pferd erinnerten. Die anderen wandten den Blick ab und warteten, dass das unwürdige Schauspiel endete.

Amram Allalouf hatte Jabni el Dschuba fast zufällig an einem gewöhnlichen Arbeitstag erfunden: Indem er weißen Putz mit einer Säure anfeuchtete, löste er eine ungewöhnliche chemische Reaktion aus. Das Material verfestigte sich, doch blieb es zu Amrams Überraschung geschmeidig und ließ sich auf der Baustelle dem jeweiligen Bedarf entsprechend in die endgültige Form bringen. Er sprach mit einem befreundeten Chemiker, der den Fall analysierte und für ihn Versuche durchführte, und mit einem weiteren Freund, einem Produzenten von Baumaterialien, der mit den Stoffen, die der Chemiker entwickelte, zu experimentieren begann. Nach einigen Monaten setzte Amis Vater das neuartige Produkt erstmals auf seiner Baustelle ein. Anfangs dachte er, es handele sich nur um eine Art von Putz, der sauberer und leichter als der anderer Hersteller war, aber nach weiteren Versuchen stellte sich heraus, dass sich der neue Stoff als Zementersatz eignete und haltbar genug war, um damit Mauern zu bauen. Er war flexibel, leicht, sauber und einfach zuzubereiten. Man musste nicht mehr tonnenweise Ton und Sand heranschaffen und langsam in der Mischmaschine vermengen. Zudem war man nicht länger auf rechteckige Formate beschränkt, sondern konnte Bauteile jeder Größe und Form anfertigen. Und dennoch – große Ideen hatten viele, aber nur ein geringer Teil wanderte vom Hirn des Erfinders ins Labor und wurde zum Prototyp verfeinert, der zunächst in kleinen Mengen produziert wurde. Und ein noch kleinerer Teil ging diesen Weg Schritt für Schritt weiter bis zur Patentanmeldung und der Produktion immer größerer Kontingente, die regional (Zone 2), national (MEU) und schließlich weltweit vermarktet wurden und die die Grundlage eines Konzerns bildeten, der aus Mitarbeitern auf allen Kontinenten, einer Zentrale und einem Generaldirektor bestand. Diese Position nahm Amram zunächst zwangsläufig ein, doch nach drei Jahren suchte er einen Stellvertreter, um Freiraum zu gewinnen und von oben auf das riesige Unternehmen blicken zu können. Es war eine schwierige, anspruchsvolle Aufgabe. Sie erforderte Geduld, ein gutes Gespür bei der Mitarbeiterwahl, viel Kapital und natürlich ein Quäntchen Glück.

Im Jahr 2040, fast zwanzig Jahre nach Beginn des Projekts am Scheideberg, nach der Pandemie und dem großen Gasunglück, die die Räder der Welt fast zum Stillstand brachten und die Menschen jahrelang zwangen, in ihren Häusern auszuharren, und mehr als zehn Jahre nach der Erfindung des neuartigen Baustoffs bestimmte Jabni el Dschuba den weltweiten Standard. Ami war neunzehn Jahre alt, das heißt im richtigen Alter, um ins väterliche Unternehmen einzusteigen, aber sein Vater wollte, dass er eine umfassende Ausbildung erhielt, und schickte ihn zunächst zum Jurastudium an die Universität. Erst danach wurde er »ins Feld geschickt«, um das Baugewerbe von der Pike auf zu lernen. Amram Allalouf war überzeugt, dass die Arbeit seinem Sohn gefallen und er in der Praxis viele Dinge hinzulernen würde, die an keiner Schule unterrichtet wurden.

Und er hatte recht, denn zehn Jahre später war Ami noch immer in der Firma des Vaters tätig. Man schrieb das Jahr 2050, die MEU, die Middle Eastern Union (auf Arabisch »Ittichad Scharq el Aussat«), wurde gegründet und das postkapitalistische Wirtschaftsprogramm »Post-Cap« eingeführt. Wie in vielen Dingen war Ami unentschlossen und konnte sich nicht entscheiden, ob es ein gutes oder schlechtes Jahr war. Schlecht war es für die Finanzen der Familie; gut war es, weil es mehr Gerechtigkeit brachte, eine »zusammenführende, verbrüdernde Gerechtigkeit«, wie Agam Abargil, die aus Dimona stammende Premierministerin, sagte. Sie war zehn

Jahre jünger als Ami, aber nein, er erinnerte sich nicht an sie als kleines Mädchen und war ihr auch nie persönlich begegnet. Das erklärte er jedem, der nach ihr fragte, sobald er den Namen seiner Heimatstadt aussprach. Agam Abargil war überzeugt, dass die neuen Gesetze Gutes bewirkten und zu mehr Gleichheit führten; in ihren Reden betonte sie das immer wieder. Dadurch erreichte sie große Popularität und schließlich auch den Posten an der Spitze der Regierung. In der Geschichte des Staates war sie die dritte Frau in diesem Amt nach Golda Meir und Jasmin Sachs-Friedmann.

Staunend beobachtete Ami, wie sich die Welt um ihn her wandelte. Er sah es an den veränderten Besitzverhältnissen, aber auch an Freunden wie Herzi und Odelia, die ermuntert wurden, zu Hause zu bleiben und vom universellen Basislohn zu leben, sowie an vielen Dingen des Alltags, die sich wie durch tektonische Erschütterungen verschoben. Ami erlebte aus der Nähe, wie das Familienunternehmen Metamorphosen durchlief, und beobachtete, wie sein Vater die Prozesse lenkte. Amram befürwortete die neue Politik und hatte schon vorher Beteiligungsmodelle in seiner Firma eingeführt. Als jedoch die Marken- und Patentrechte in die Hände des Staates übergingen und das Privatkapital um zehn Prozent beschnitten wurde, war die Familie geteilter Meinung. Dekel war wütend über die Minderung der Gewinne, insbesondere im Hinblick auf die zukünftige Entwicklung, und suchte Wege, sie zu umgehen oder einzuhegen, sogar auf dem Schwarzmarkt. Dabei erhielt er Unterstützung von Greta und Polanski. Aber Ami, der die Firma in Zone 2, der Golfregion, vertrat und zudem als Selbstständiger im Baugewerbe tätig war, stand auf der Seite seines Vaters, des Gründers und Vorsitzenden, der die neuen Spielregeln akzeptierte und die Herausforderung annahm. Er verstand, dass die wirtschaftliche Entwicklung langfristig in eine positive Richtung wies.

Doch eigentlich ging es um eine Frage der menschlichen Natur. Kam das Wesen des Menschen zwangsläufig in seinem Konkurrenztrieb am besten zum Ausdruck, in dem Drang, so viel wie möglich für sich selbst zu beanspruchen und nur für sich und die Seinen zu sorgen? Oder war seine gesellschaftliche Solidarität, der Wille, sich um den Mitmenschen wie um sich selbst zu kümmern, mit ihm zu teilen und gemeinsam für die Allgemeinheit zu arbeiten, ebenso stark, und sollte nicht vor allem dieses Prinzip seine Existenz bestimmen? Ami kannte den Standpunkt seines Vaters: Selbst wenn unsere Natur beides enthielt, konnte der Mensch den einen Trieb besänftigen und kontrollieren, indem er den anderen anregte und stärkte, damit er uns einen neuen, besseren Weg zeigte. »In der Möglichkeit, zu wählen, liegt etwas Befreiendes«, sagte Amram Allalouf, »und unsere Zeit und unser Herz sollten nicht an eine Tätigkeit gekettet sein, die wir nur deshalb ausüben, weil man uns zwingt.« Dieser Mann, der seine Kassen im kapitalistischen Spiel gefüllt und einen internationalen Konzern aufgebaut hatte, der Unmengen mit seiner Erfindung verdiente, der Tausende Mitarbeiter hatte und Millionen umsetzte, dieser Mann glaubte aus tiefstem Herzen, dass die Selbstverwirklichung des Menschen nicht allein auf ökonomischem Gebiet stattfand – denn ist er nur darin erfolgreich, ist er ein Krüppel.

Ihm gegenüber standen die Feinde des Wandels. Zum Beispiel Amis Onkel Dekel, der wütend auf die Gesetze war, die Regierung und die neue Bewegung mit Abargil an der Spitze hasste und die Middle Eastern Union verachtete. »Wer hat das gewollt? Wem nützt es?«, fragte er und beantwortete seine Frage sogleich selbst: »Es ist nur ein weiteres Werkzeug, um uns zu demütigen. Hundert Jahre nachdem man uns geschlagen und mittellos in der Wüste ausgesetzt hat, jetzt, da sich das Blatt endlich wendet, wir genug verdienen und ein paar Dinar auf die Seite legen können – kommen sie, schlagen uns von neuem und nehmen uns, was uns zusteht.«

Dekel war ein verbitterter Mann. Ami hatte ihn nie anders erlebt, obwohl er ein gutes Leben führte und dank der Erfindung seines Bruders über viel Geld verfügte. Ami wusste auch, dass sein Vater nie mit seinem Onkel stritt, wenn es um die bedrückenden Umstände ging, unter denen die Großeltern vor hundert Jahren als orientalische Immigranten in diesem Land ihr Dasein fristeten. Darüber und über die begrenzten Möglichkeiten, die man den Menschen aus bestimmten Herkunftsländern einräumte, war er genauso wütend wie sein

Bruder. Aber im Gegensatz zu ihm verstand er, dass die von der MEU geschaffene neue Wirklichkeit, das mietfreie Wohnen, der universelle Basislohn und die KI-basierte Automatisierung den meisten Nachfahren jener unterprivilegierten Generation nützten – den Spätgekommenen, den Menschen von der Peripherie und vielen, denen es nicht gelungen war, die gläserne Decke zu durchstoßen.

Aber Dekel mit seinen zornigen Augenbrauen und seinen feisten Wangen sagte: »Sei nicht naiv, Amram. Die Diskriminierung ist ein fester Bestandteil des Systems. Wenn man die europäischen Einwanderer zwingt, auf Eigentum, Einfluss und Rechte zu verzichten, finden sie Mittel und Wege, um sich zu drücken. Genau wie die Scheichs in Zone 2. Frag Ami!« Er berief sich auf seinen Neffen, der in der Golfregion arbeitete und ihm berichtet hatte, wie die Scheichs auf das Gesetz pfiffen und welche Tricks sie anwandten, um es zu umgehen.

»Aha, jetzt sind die Scheichs vom Golf also die neuen europäischen Einwanderer«, erwiderte Amram seinem aufgebrachten Bruder, und beide lachten. Wenn zwei alte Millennials streiten …

Doch Dekel ließ sich nicht überzeugen. Ebenso wenig Greta. Und daher wusste Ami, dass an dem Treffen von Dekel, seiner Mutter und Polanski mit den Anwälten etwas faul gewesen sein musste, so kurz nachdem sein Vater von der Bildfläche verschwunden war. Er hatte sich Zugang verschafft und mit eigenen Augen überzeugt,

dass er recht hatte, selbst wenn er nichts dagegen aus-
richten konnte und von ihnen hinausgeworfen wurde.

Auf der Rückfahrt im Zug nach Süden erinnerte sich
Ami an etwas, das sein Vater zu ihm gesagt hatte: »Manche Menschen sind besessen von Intrigen. Ständig wit-
tern sie Verschwörungen und böse Absichten. Daran
kann weder die Politik noch der Wohlstand etwas ändern.« Aus Amis Sicht war sein Vater anderen Menschen immer mehrere Schritte voraus. So, wie er Jabni
el Dschuba erfand, ein Unternehmen gründete und seine
Familie in ein neues Zeitalter führte und wie er Personen wie ein Scanner »lesen« konnte, so durchschaute er
rechtzeitig alle Veränderungen und fürchtete sie nicht.
Ami schwor sich, ihm treu zu bleiben und seine Worte
nicht zu vergessen.

Sein Vater kam zu sich, als Ami an seinem Bett saß und
ihn betrachtete. Im Hintergrund kündigte ein leises
Klopfen den Erhalt einer neuen Nachricht an; offenbar
versuchte Suheir Ibn Marhoun dringend, ihn zu erreichen. Seine Mutter war aus Tel Aviv noch nicht zurückgekehrt. Wer weiß, wohin sie mit Dekel ging, was sie zusammen trieben und welche Ränke sie schmiedeten? Ihm
wurde übel bei dem Gedanken.

»Papa«, sagte er leise, ohne zu wissen, was in seinem
Vater vorging. Die Lippen des alten Mannes bewegten
sich. »Was sagst du, Papa?« Er hielt sein Ohr dicht an
den Mund des Vaters und spürte seinen Atem. »Sag es

noch einmal, langsam, aber streng dich nicht zu sehr an. Ich bin bei dir.«

Er dachte an seinen Großvater, der hundert Jahre alt wurde und behauptete, telepathische Kräfte zu besitzen, die es ihm ermöglichten, geheime Botschaften von Großmutter zu empfangen. Als Beweis zeigte er seinen Kindern lose Blätter, die in schöner Handschrift mit Zeilen voll Poesie und Gefühl beschrieben waren. Doch in der Familie herrschte die Ansicht vor, dass Großvater schwindelte. Eines Tages sollte Ami in Zone 2 die Büros einer Firma sanieren, die eine App entwickelte, die Gedanken lesen konnte, und er zeigte einem der Wissenschaftler einen Text, der angeblich von der Großmutter stammte. Der Mann lachte und erklärte ihm, dass es schwer vorstellbar sei, dass eine derart komplizierte Botschaft auf dem Wege der Telepathie übermittelt worden war. Soweit Ami es verfolgt hatte, hatte die Firma keinen Durchbruch erzielt. »Hätten sie es damals nur geschafft«, dachte er verzweifelt und bemühte sich zu verstehen, was sein Vater sagen wollte.

Amrams Lippen bewegten sich, doch Ami vernahm nur ein Stöhnen: »Ahhh …« Er spürte, wie sich seine Kehle zuschnürte, und brach in Tränen aus. Er streichelte den Kopf seines Vaters und fragte: »Was willst du mir sagen, Papa? Versuch es noch einmal, ganz langsam.«

»Gift«, glaubte er nun zu verstehen. Sein Vater schaute ihm direkt in die Augen.

»Sagtest du Gift, Papa?«, vergewisserte sich Ami, und sein Vater schloss die Augen, als bestätige er es.

»Wer hat dir Gift gegeben?«, fragte Ami, und sein Vater schaute ihn abermals an. »Dekel?« Sein Vater schloss die Lider, und Ami holte tief Luft und sagte: »… und Mama?«

Wieder schlossen und öffneten sich seine Lider. Er schaute seinen Sohn an, dann ließ er den Kopf sinken und schlief ein.

Ami verließ das Zimmer und ging zum Scheideberg. Er setzte sich in den brütend heißen Garten mit dem Spielplatz. Die Gedanken drehten sich in seinem Kopf, verwirrten und quälten ihn. Was sollte er anfangen mit dem, was sein Vater sagte? Falls sein Vater überhaupt etwas sagte … falls er den Lauten, die er herausbrachte, den richtigen Ton und die richtige Farbe gegeben hatte. Was war noch möglich, was lohnte es zu tun? Lohnte es noch zu atmen? Er war so verzweifelt, dass er, um dem Chaos zu entkommen, Ibn Marhoun aufrief, der schon wieder versuchte, ihn zu erreichen.

»Endlich«, rief Ibn Marhoun. »Ich habe mich schon gefragt, was bei euch los ist.«

»Es tut mir leid, Suheir. Meinem Vater geht es schlecht, deshalb brauchte ich etwas Zeit für mich.«

»Umarme ihn herzlich von mir«, sagte Ibn Marhoun, und Ami glaubte, in seinem Gesicht aufrichtige Sorge zu erkennen. Die Kunden verehrten seinen Vater überall auf der Welt. Am selben Morgen waren Genesungswünsche von der Vorsteherin der jüdischen Gemeinde Argentiniens, dem Präsidenten des Afrikanischen Sektors in Malawi und dem Präsidenten des Nord- und Mittelamerikanischen Blocks eingetroffen.

»Danke, Suheir«, sagte Ami, doch Ibn Marhoun war in Eile.

»Sicher, du brauchst deine Zeit, Ami, aber was ist mit uns hier am Golf? Wie steht es um Manals Apartment?«

»Wir kümmern uns darum«, beruhigte ihn Ami. »Jemand wird zu euch geschickt, der alles organisiert und mit Luftshuttles die Ausrüstung und das Material hochbringt. Sobald es meinem Vater besser geht, komme ich persönlich.«

Ibn Marhoun nickte und strich sich über den Bart. Wahrscheinlich fragte er sich, ob er ihm glauben konnte, doch beabsichtigte Ami wirklich zurückzukehren. Er wusste, dass ihm die Arbeit guttat, wollte nur abwarten und dann weitersehen.

»Sobald es möglich ist, komme ich«, versicherte Ami. »Es ist ohnehin viel zu heiß hier.«

»Ja, ich sehe, wie du schwitzt«, scherzte Ibn Marhoun.

»Und in der Zwischenzeit bekommt ihr eine kleine Entschädigung von mir«, sagte Ami und zwinkerte ihm zu. Der Scheich lächelte, denn er verstand genau, was er meinte. Nichts machte ihn glücklicher, als mehr Jabni el Dschuba zu erhalten, als zulässig war. Ami verstieß nicht gern gegen das Gesetz, dennoch war er kraft seiner Position in der Firma dazu in der Lage. Jabni el Dschuba war der Grundstoff der neuen Wirtschaft und wurde nach Bedarf zugeteilt, aber die Reichen wollten immer mehr, als ihnen zustand. Also deckten sie sich auf dem Schwarzmarkt ein oder nutzten ihre guten Beziehungen. Und obwohl die Politiker davon wussten, schwiegen sie und verfolgten ihre eigenen Interessen. So trug Ami zu einem Kreislauf bei, der wahre soziale Gleichheit verhinderte. Das behagte ihm nicht, und er wusste, dass auch sein Vater dagegen war, doch musste er dem Scheich etwas anbieten.

Während er mit Ibn Marhoun sprach, trafen mehrere Nachrichten von Dekel ein. Auch Dekel verlangte, dass Ami in die Golfregion zurückkehrte: »Es gibt Verträge, die erfüllt werden müssen.« Ami glühte vor Zorn. Wie konnte es dieser Verbrecher wagen, von Verträgen zu sprechen und mit ihm umzugehen, als wäre er sein Chef? Sein Vater lebte noch! Konnte er abreisen und ihnen die Verantwortung für ihn überlassen? Einerseits fühlte er sich verpflichtet zu bleiben, andererseits wollte er fliehen und sich von diesen Menschen entfernen. Auch fühlte er sich Ibn Marhoun verpflichtet, darin war er ganz der Sohn seines Vaters, eines Gentlemans – auch das setzte ihn unter Druck.

Er rief Odelia an. In den zweieinhalb Wochen seit seiner Ankunft hatten sie mehrmals miteinander gesprochen, doch kein Treffen vereinbart. Er hatte ihr erklärt, dass er von seinem kranken Vater in Anspruch genommen sei und sie nicht nochmals enttäuschen wolle. »Du hast recht«, sagte sie, doch in ihren Augen las er Kränkung und Trauer. »Wir waren uns einig: Du gehst in die Golfregion, und ich bleibe hier. Wir müssen Abstand halten. Aber es ist unerträglich, wenn du so nah bist!« Fast hätte sie eine Einladung ausgesprochen, und auch er sehnte sich nach ihr, nach ihrer hellen Haut, ihrer zarten Berührung, und dennoch hielt er sich zurück. »Lass mich an den Golf fliegen und die begonnenen Projekte beenden. Danach komme ich, und dann treffen wir uns. Ich verspreche es dir.«

»Einverstanden«, flüsterte sie, und ihre Augen glänzten.

»Verrate deinem Vater nicht, dass wir Kontakt aufgenommen haben«, sagte Ami noch, ehe die Verbindung abbrach.

Nicht allzu viel Wasser war in Dimona den Fluss hinuntergeflossen, seit Ami das Jurastudium beendet hatte und in die Firma seines Vaters eingetreten war. Trotzdem waren viele Jahre vergangen. Ami war fast fünfundvierzig und sollte bald die Schlüssel der staatlichen Wohnung an die Middle Eastern Union zurückgeben. In diesem Jahr hatte er viel über das Alter nachgedacht. Und darüber, wie Gesellschaften und Kulturen willkürlich festlegten, wann jemand als erwachsen galt: mit dreizehn, wenn man Bar-Mizwa feiert, mit achtzehn, einundzwanzig oder mit fünfundvierzig wie in der MEU. In diesem Alter sollte jeder in der Lage sein, für sich selbst zu sorgen; das war die neue, wahre Volljährigkeitsgrenze. Für jemanden wie Ami stellte das eigentlich kein Problem dar, denn er stammte aus einer wohlhabenden Familie, war der Sohn eines großen Unternehmers und selbst Unternehmer geworden. Sein Vater hatte unzählige Wohnungen, Gebäude und Siedlungen gebaut, davon einige für die eigene Familie. Doch es spielte keine Rolle, ob man ein Scheich am Persischen Golf war, ein Bauunternehmer aus Dimona oder Leilas Großmutter, die in Syrien-Libanon wohnte, dem ärmsten Teil der Zone 4 – jeder durfte am Ende nur eine Wohnung besitzen. Im Alter von achtzehn Jahren hatte Ami vom Staat ein bescheidenes Apartment mit einem Schlafzimmer und einem winzigen Wohnzimmer im Norden Dimonas erhalten. Es war so klein, dass es sein alter japanischer All-Bot jeden Abend in sechs Minuten und zweiundzwanzig Sekunden komplett reinigen konnte. Vor zehn Jahren hatte er das Apartment abgetreten, da er sich meistens am Persischen Golf aufhielt. Dort nahm er eine Sonderregelung für Arbeitsmigranten in Anspruch, die es ihm erlaubte, in provisorischen Unterkünften, Hotels und Wohnungen auf Zeit zu wohnen. Dies ersparte ihm die Verantwortung und die Ausgaben für das Apartment in Dimona, doch nun nahte der Augenblick, in dem alle Ansprüche erloschen und er endgültig irgendwo einziehen musste. Zwar hatte ihn sein Vater stets beruhigt und versprochen, ihm eine Wohnung zu organisieren, wo immer er wollte (»solange sie in unserer Nähe in Dimona ist«), aber nun lag er bewusstlos in seinem Bett und konnte seinem Sohn nicht mehr helfen.

Am Morgen seiner Abreise schwitzte Ami ununterbrochen: als er das Haus seiner Eltern in Dimona verließ, als er beim Warten auf das Shuttle einen Eiskaffee kaufte, als er aus dem Shuttle ausstieg und zum Terminal ging und als er am ungeschützten Bahnsteig stand, um auf den Zug zu warten. (Wie zum Teufel war es möglich, dass im Jahr 2066 ein Bahnsteig nicht überdacht war?) Dabei waren es in Dimona nur siebenunddreißig Grad! Er fuhr in einem Uzi voll Talmudstudenten und Imame nach TLV, nahm das Flugzeug nach DBX und schließlich den Uzi nach Ras el Chaima. So badete er acht Stunden in einer auf zweiundzwanzig Grad gekühlten Atmosphäre, einer gesunden Luft mit gemäßigter Feuchte, angereichert mit erfrischenden Vitaminen und Sauerstoff. Mit Befriedigung dachte er, dass dies das Klima war, in dem er die kommenden Wochen verbringen würde, während draußen mehr als fünfzig Grad herrschten. Die Welt würde er nur durch gläserne Scheiben sehen, selbst wenn er sich zum Joggen auf die klimatisierte Piste im Park begab oder den Zoo besuchte, in dem sogar die Tiere in einer künstlich gekühlten Umgebung lebten – alle außer den Kamelen.

Seine Gefühle waren zwiespältig. Auf der einen Seite freute er sich, an seine Arbeit zurückzukehren und alle Sinne auf das Bauen und auf ein Objekt zu konzentrieren, das jemand benötigte. Dabei störte es ihn nicht, dass es diesmal um Manal ging, die siebzehn Jahre alt wurde und die verwöhnte Tochter eines reichen Scheichs war. Das heißt, es war ihm nicht völlig gleichgültig, denn er bevorzugte den öffentlichen Wohnungsbau, doch die Arbeit mit seinen Händen, die Beschäftigung mit dem Material, die Nähe zu den Arbeitern, zu Ibn Marhouns Familie und den Lieferanten, die das Jabni el Dschuba blitzschnell ins dreiundneunzigste Stockwerk katapultierten, wenige Minuten nachdem es von oben angefordert worden war – all dies war fern von den Intrigen, dem Schmerz und der Hitze in Dimona. Auf der anderen Seite konnte er den Schmerz nicht verdrängen. Dazu kam das Gefühl, seinen Vater im Stich zu lassen, obwohl er alles getan hatte, was möglich war. Er hatte auch mit Leila, der Krankenschwester, gesprochen, die eine interessante Familiengeschichte hatte. Ihr Vater war ein iranischer Kernforscher, der vor der Gründung der Union in Tel Chamis in Ostsyrien gearbeitet und eine Einheimische geheiratet hatte. Kurz nach der Gründung der MEU, als Leila fünf Jahre alt war, verließ er die Familie und kehrte nach Schiras in Persien zurück. Hin und wieder gab Ami Leila etwas Bargeld, damit sie es ihrer Mutter und ihrer Großmutter in Tel Chamis schicken konnte. Er wusste, dass es Leila war, die bei seinem Vater blieb, wenn er abreiste, und er sich allein auf sie würde verlassen können. In Dimona flirtete er manchmal mit ihr: ein Lächeln hier, ein Blick dort, gemeinsame Spiele im virtuellen Raum, um die Zeit totzuschlagen. Er fand heraus, dass sie in Autorallye-Spielen vorderste Plätze belegt hatte, und sie verriet ihm, dass sie sogar Jugendmeisterin von Syrien-Libanon war. Von da an saßen sie stundenlang zusammen und lenkten Rennwagen, bald gemeinsam, bald gegeneinander, während im Zimmer nebenan Amis Vater schlief. Nach Amis Rückkehr an den Golf spielten sie weiter manchmal online miteinander.

Auch Odelia, aber vor allem seinen Freund Herzi bat Ami, die Augen offen zu halten und ihn zu informieren. Herzi arbeitete ohnehin nicht und nutzte den Sommer dazu, sich am Strand auszuruhen. Ami bat ihn, seinen Vater zu besuchen und zu beobachten, was Greta und Dekel taten. Er sagte, dass er froh wäre, wenn das ganze Haus, insbesondere das Zimmer des Vaters verwanzt wäre, doch Herzi erklärte ihm, dass es inzwischen hochempfindliche Spürgeräte gab, die jede noch so kleine Kamera entdeckten. Trotzdem könnten ihm gute Freunde aus dem Hightech-Unternehmen, in dem er zwei Jahre angestellt war, helfen, heimlich Kameras in die All-Bots in Amrams Haus einzusetzen. Ein zusätzliches Auge in solch einem Roboter falle den Spürgeräten nicht auf; man könne es sogar individuell steuern. »Außerdem«, fügte Herzi hinzu, »sollten wir die All-Bots in Dekels Haus hacken.«

»Herzberg, du bist ein Genie«, rief Ami voll Bewunderung.

Seit dem Eklat bei Rosenberg und Goldstein in Tel Aviv sprach Ami weder mit Dekel noch mit seiner Mutter.

Als sie zu Hause in Dimona das Wort an ihn richteten, tat er, als höre er sie nicht, starrte mit wässrigen Augen traurig in die Luft und murmelte unverständliche Wortfetzen. Manchmal schaute er seine Mutter anklagend an, durchbohrte sie mit Blicken. Dekel hingegen zwang ihn, ihm zuzuhören. Er war groß und kräftig und hatte eine Präsenz, der man sich nicht entziehen konnte. Er sagte, dass er an den Golf zurückfahren müsse; in Dimona zu faulenzen, schade dem Geschäft. Es gebe Verträge und Kunden, um die man sich kümmern müsse. Die Leute fragten schon, was los sei im Unternehmen, seit Amram nicht mehr da war. »Wir müssen ihnen zeigen, dass wir arbeiten. Dass es uns gibt. Eine geschlossene Einheit bilden.« Ami antwortete nicht, doch er verstand, dass es keinen Sinn hatte, die Abreise zu verzögern. Es gab nichts, was er in Dimona tun konnte. Er wäre geblieben, wenn seine Anwesenheit etwas am Zustand des Vaters geändert hätte, doch er musste sich eingestehen, dass Amram Allalouf in einer anderen Welt lebte. Er kaufte ein Flugticket und vertraute darauf, dass sein Onkel vom Bot der Reiseagentur unverzüglich in Kenntnis gesetzt wurde.

Als er sich nach zwei Wochen wieder an den Arbeitsrhythmus am Golf gewöhnt hatte, als das Blut in seinen Adern abgekühlt war und sich die Dinge beruhigten, meldete sich Herzi. Ami saß in der Lounge in einem der oberen Stockwerke eines Wolkenkratzers, schwenkte die Eiswürfel in seinem Campari Soda und beobachtete die unterste Fluglinie der Shuttles – ein Anblick, der ihn stets entspannte. Herzi berichtete, dass Dekel und Greta, Amis Mutter, häufig zusammen gesehen wurden. Es gebe Gerüchte. Sie seien nach Tel Aviv zu den Anwälten gefahren und hätten danach ein Restaurant am Strand besucht und bei Kerzenschein Wein getrunken. Er schickte Fotos. Was Ami am meisten hasste, war der hochmütige Gesichtsausdruck seiner Mutter. Wie selbstzufrieden sie war! Wie gut es ihr ging! Dekel interessierte ihn weniger – ein Opportunist und Mitläufer, der durch seinen Bruder groß geworden war und nun glaubte, eine Ahnung vom Leben zu haben. Seine Mutter hingegen löste Ekel in ihm aus. Ami schaltete die Kameras in seinem Elternhaus ein und sah seinen Vater, der im Bett lag, und Leila, die in der Küche Essen zubereitete. Dann wechselte er zur Kamera in Dekels Haus und sah seinen Onkel, der mit seinen buschigen Augenbrauen und seinem dicken Bauch auf dem Sofa im Wohnzimmer saß und mit der Hand wedelte, um eingehende Nachrichten aufzurufen. Mit wem er sprach, konnte Ami nicht hören. Schließlich schaltete er zu Herzi um und verkündete ihm, dass er beweisen werde, dass Dekel seinen Vater mit Vorsatz vergiftet hatte. Sobald er den Beweis in Händen hielt, könnte er endlich zur Tat schreiten, sagte er, ohne jedoch zu wissen, wie er vorgehen wollte. Zuerst mussten Spuren des Verbrechens gefunden werden.

Tags darauf kontaktierte ihn Herzi von neuem. Seine

Schwester war Volontärin im serologischen Institut des Gesundheitsministeriums, und er hatte sie auf Amrams Vergiftung angesprochen. Sie fragte, wie lange der Verdacht schon bestehe; er sagte, mehrere Wochen. Darauf sagte sie, dass das zwar bedauerlich sei, doch gebe es Substanzen, deren Spuren längere Zeit im Blut nachweisbar blieben. Herzi fragte sie, was das bedeute, und sie erklärte ihm, dass sie zu allererst eine Blutprobe bräuchten. »Shit«, sagte Ami, »ich war die ganze Zeit bei ihm, aber jetzt sitze ich am Golf fest.« Herzi schlug vor, Amram selbst zu besuchen; niemand würde Verdacht schöpfen, wenn er dort auftauchte. Er würde seine Schwester um ein Test-Set bitten und heimlich eine Blutprobe nehmen. »Ich spreche mit Leila«, sagte Ami, »sie wird dir helfen.«

Es dauerte eine Woche, bis die Ergebnisse vorlagen. Die versteckten Kameras benutzte Ami in dieser Zeit kaum; er ließ die Bilder nicht zu sich vordringen. Stattdessen konzentrierte er sich auf seine Arbeit, und der Bau auf Ibn Marhouns Dach schritt voran. Zufrieden nahm Ami zur Kenntnis, dass sich Dekel und seine Mutter nicht bei ihm meldeten; die Feuerpause kam im rechten Augenblick. Herzis Schwester teilte ihm schließlich mit, dass in Amram Allaloufs Blut tatsächlich Spuren einer giftigen Substanz namens Feria XVIII gefunden wurden. Sie konnte nicht erklären, wie sie in seinen Körper gelangt war, Feria XVIII sei nicht allgemein zugänglich und finde nur in der Industrie und pharmazeutischen

Laboren Verwendung. »Dann müssen wir diesen Faden aufnehmen«, sagte Herzi, und Ami verstand, was zu tun war.

Doch es war kompliziert. Auf der Suche nach Mitarbeitern, die seinem Vater die Treue hielten, fuhr er zu einer Niederlassung der Jabni-el-Dschuba-Werke am Rande von Schardscha, etwas abseits des Highways Nr. 611. Dort arbeiteten einige Männer, die er seit seiner Ankunft am Persischen Golf kannte. Sein Vater hatte ihn einst zu ihnen geschickt, um Bestellungen aufzugeben. Er ging zu Ibn Salman, dem Chef, der ihm freundschaftlich verbunden war. Nachdem sie einander umarmt, arabischen Mokka getrunken und sich nach dem Wohl ihrer Väter erkundigt hatten, fragte Ami, ob er sich auf seine Diskretion verlassen könne. Ibn Salman nickte. Sie stiegen zur Produktionsebene hinab, und Ibn Salman führte ihm Feria XVIII vor, einen der Stabilisatoren, die Jabni el Dschuba Geschmeidigkeit verliehen – »Ein wichtiger Bestandteil«, sagte der Chemiker.

»Sind wir die Einzigen, die Feria XVIII verwenden?«

»Nein, aber ausschließlich große Unternehmen arbeiten damit.«

Der Chemiker zeigte ihm, wie der Stoff angeliefert wurde: in Form von Pulver in leuchtend blauen Beuteln. »Es ist üblich, giftige Stoffe nicht nur mit einem großen Symbol, sondern auch mit leuchtenden Farben zu kennzeichnen. Wie in der Natur, wo die giftigsten Tiere am meisten schillern.«

»Gebt mir ein paar leere Beutel mit«, sagte Ami, und sie packten ihm einige ein.

Eine weitere Woche verging. Die Kameras zeigten, dass es seinem Vater weder besser noch schlechter ging, doch die Kenntnis des giftigen Stoffes wies der Behandlung des Kranken eine Richtung. Hinter dem Rücken der Mutter sprach Ami mit den Ärzten, die es verstanden, ein Mittel zu mischen, das das Gift im Blut des Vaters verdünnen und sein Befinden allmählich bessern sollte. Seine Mutter teilte Ami mit, dass die Zeit abgelaufen sei, in der die Firma ohne Vorstandsvorsitzenden auskam. Daher seien die Anwälte gezwungen, Dekel als neuen Direktor einzusetzen und Papas Rechte aufzuheben. Ami war auf diesen Moment vorbereitet, dennoch fühlte er in seinem Herzen einen Stich. Leila sagte, dass der Zustand des Vaters stabil sei, und Herzi berichtete, dass einer seiner Freunde blaue Beutel in den Müllcontainern am Scheideberg gefunden habe. Ami konnte es noch nicht beweisen, doch er war felsenfest überzeugt, dass Dekel das Gift im Haus seines Bruders verabreicht und die leeren Packungen auf dem Heimweg in die öffentlichen Mülltonnen geworfen hatte – weit genug von seinem eigenen und von Amrams Haus, um jeden Verdacht zu vermeiden, aber nicht weit genug, als dass neugierige Nasen sie nicht aufspüren konnten. Was sollte es sonst bedeuten, dass die Beutel in einer Gegend gefunden wurden, in der keine Baustelle war? Dekel hatte seinen Vater vergiftet, und Ami wartete nun darauf, dass er auf seiner Rundreise zu allen Standorten der Firma an den Persischen Golf kam, um Mitarbeiter und Kunden kennenzulernen und zu zeigen, dass das Unternehmen trotz des Führungswechsels funktionierte und es keinen Grund zur Besorgnis gab. Die Familie hielt das Ruder fest in der Hand, und trotz der bedauerlichen Lage lief alles wie gewohnt weiter.

Bald darauf traf sich Ami mit seinem Onkel in einem Restaurant namens Pier 3 Fish, das mitten im Wasser lag, an der Spitze einer der zahllosen Molen, die nördlich von Ras el Chaima ins Meer ragten, und das für seine Sinijeh berühmt war, ein mit Sesamcreme zubereitetes, überbackenes Fischgericht. Das Gespräch verlief in ruhigen Bahnen. Es kreiste um Amis Kunden und Aufträge, um Ibn Marhoun und andere Projekte und um die Termine, die Dekel bis zu seiner Abreise in zwei Tagen am Golf absolvierte. Eine gewisse Leichtigkeit überdeckte den bitteren, zornigen Grundton, der zwischen dem Onkel und seinem Neffen nur allzu vertraut war. Aber nicht alles verlief wie gewohnt. Denn an einem bestimmten Punkt, als das Dessert gereicht wurde, entschuldigte sich Ami und sagte, er müsse einige wichtige Nachrichten abrufen. Er drehte an seinem Ohrclip und tat so, als kommuniziere er mit einem Kunden. In Wirklichkeit beobachtete er seinen Onkel, der ihm gegenüber saß. Er nieste, und als er in seiner Jacke nach einem Taschentuch tastete, fiel ein blauer Beutel heraus. Er schnäuzte sich, während der Beutel auf dem Tisch lag und genau das geschah, was die Inszenierung bezweckte: Dekel sah entsetzt auf den blauen Beutel, seine Stirn wurde blass, und sein Mund öffnete sich leicht. Nervös schaute er zu seinem Neffen. Ami schloss die Augen und nieste erneut, und Dekel entschuldigte sich und eilte zur Toilette, um Atem zu holen und sein Gesicht zu waschen.

Für Ami war das der Beweis, er hatte seinen Onkel überführt: Dekel hatte seinen Bruder vergiftet, um sich die Firma einzuverleiben, und auf dem Weg zu diesem Ziel hatte er Amis Mutter, seine Schwägerin, zu seiner Komplizin gemacht. Greta hatte immer seine Positionen unterstützt, gegen Post-Cap und die neuen Gesetze. Es war, wie sein Vater es ihm zugeflüstert hatte: »Gift.« Was sollte Ami nun tun? Er würde sich mit Herzi beraten und abwarten, was Dekel unternahm, und müsste auf jeden Schachzug gefasst sein. Als Dekel von der Toilette zurückkehrte, aßen sie still ihr Dessert. Ami bestellte noch Kaffee, doch er schmeckte bitter. Dekel sah ihn ausdruckslos an. Sie verabschiedeten sich am Eingang des Restaurants mit einem festen Händedruck. Seit der blaue Beutel wie zufällig auf den Tisch gefallen war, hatten sie kein Wort gesprochen.

In den folgenden Tagen hörte Ami weder von seinem Onkel noch von seiner Mutter. Leila teilte ihm mit, dass von seinem Vater nichts Neues zu berichten sei. Herzi war nicht in Dimona. Er war irgendwo am Meer und genoss das Nichtstun. Nach den beiden Juraexamen war er seinerzeit Assessor geworden und danach mehrere Jahre in der Rechtsabteilung eines großen All-Bot-Herstellers angestellt gewesen. Doch eines Tages öffnete er die Augen, schaute sich um und fragte sich verwundert: Warum etwas leisten, wenn es nicht notwendig ist? Warum sich widersetzen, wenn man dich auffordert, nur das Minimum zu tun? Er wollte endlich schlafen und sich ausruhen wie ein normaler Mensch, statt ständig an die Grenzen zu gehen und unter Haufen von Akten zu versinken. Nicht jeder konnte den Müßiggang genießen wie er. Viele, die vom staatlichen Basislohn lebten, wussten nichts mit ihrer Zeit anzufangen. Die kostenlosen Dienste und Angebote des Freizeitministeriums interessierten sie nicht. Ami sagte zu Herzi, dass er diese Leute besser verstehe als ihn. Ohne Arbeit würde auch er verrückt. »Für dich ist Arbeit nicht Zeitvertreib, sondern sie definiert dich, verleiht dir Bedeutung und einen Wert«, antwortete Herzi. »Ich habe das nie so empfunden. Ich habe erst das Gefühl, eine Bedeutung und einen Wert zu haben, wenn ich am Strand liege oder einem Freund bei der Suche nach Gerechtigkeit helfe.« Dies sei ihm wirklich wichtig, und daher werde er bald nach Dimona zurückkehren und Amis Onkel im Auge behalten.

Die neue Wohnung für Ibn Marhouns Tochter war fast fertiggestellt. Manal besichtigte sie mit ihrem Vater, und beide waren beeindruckt. Jabni el Dschuba war schöner als je zuvor. Erst vor kurzem war die Farbpalette aktualisiert worden, und das Weinrot, das sie für Manal ausgewählt hatten, sah herrlich aus. Die Mauern waren glatt, solide und rund.

»Man kann sogar Häuser in Nierenform bauen«, sagte Ibn Marhoun.

»Dankt der Architektin und den Designern der Fenster und Jalousien«, erwiderte Ami bescheiden. »Es war nicht einfach, sie an die runden Formen anzupassen.«

»Aber auch dir danke ich«, sagte Ibn Marhoun. »Man hat nicht jeden Tag das Glück, ein Haus zu kaufen, das von Amram Allaloufs Sohn persönlich gebaut wurde.«

Ami lächelte. Der Name seines Vaters zahlte sich in Digis und Dinaren aus. Vor allem die Kunden in Zone 2 waren bereit, dafür etwas mehr auszugeben. Doch wurden auch hohe Erwartungen daran geknüpft, die wie ein Fallbeil über ihm schwebten. Trotzdem hatte Ami Glück, denn er war »verdammt talentiert«, wie sein Vater zu sagen pflegte (und wie er es selbst heimlich glaubte). Und als er sich in Manals neuer Wohnung mit den geschwungenen Wänden umschaute, war er wirklich stolz auf sich.

Ein paar Tage später riefen Goldstein und Rosenberg an.

»It's private, comrade Allalouf«, sagte Rosenberg und grinste, »wie in alten Zeiten.« Als sie noch studierten, hatten sie sich dreimal täglich zu Konferenzschaltungen getroffen, um Neuigkeiten auszutauschen, zu diskutieren und zusammen zu lernen. Dabei saß jeder in seinem Zimmer im Wohnheim, nur wenige Schritte von den anderen entfernt. Später, als sich ihre Wege trennten, hielten sie noch eine Zeit lang an diesem Ritual fest.

»Schau dir bloß dieses Arschgesicht an!«, rief Ami übermütig und lachte. Für einen Augenblick vergaß er die Szene in der Kanzlei, als sie dabei geholfen hatten, ihn seiner Rechte zu berauben.

»Wer zuerst lacht, ist ein Idiot«, mischte sich Goldberg ein.

»Was geht ab, ihr Makaken?«, fragte Ami.

»Rate mal, wo wir sind«, sagte Rosenberg mit einer Handbewegung, die einen Blick auf die Umgebung eröffnete: ein riesiger Swimmingpool mit himmelblauem Wasser und einem Boden aus schönen blauen Kacheln. Sonnenschirme aus Stroh ragten über dem Beckenrand empor, darunter standen orangerote Liegen. »Der schönste Pool, in dem ich je geschwommen bin. Und ich kenne einige!«

»Wo seid ihr?«, fragte Ami.

»Nicht weit von dir.«

»In Zone 2?«

»Wie kommst du denn darauf?«

»Im Ernst, seid ihr hier?«

»Komm vorbei, wenn du Zeit hast.«

Ami hielt einen Augenblick inne und dachte nach. Sie waren in seiner Nähe und wollten ihn treffen. Interessant. Aber wer wollte ihn treffen? Seine Studienfreunde, die Comrades, mit denen er ein Stück seines Weges gemeinsam gegangen war und die ein Teil seines Herzens immer noch liebte? Oder die Anwälte seines Onkels, Dekel Allalouf, der kürzlich seinen Bruder vergiftet hat, um in den Besitz des Familienunternehmens zu gelangen – mit ihrem Wissen und vielleicht sogar ihrer Hilfe. Ami war nicht naiv. Vielleicht handelte er manchmal impulsiv und ohne Berechnung, aber das hatte nichts mit Naivität zu tun. Er wusste, dass ein Treffen mit Goldstein und Rosenberg keine Neuauflage ihrer Studienzeit sein würde: ein paar Gläser Bier, Scherze und freundliche Gesten. Trotzdem wollte er sie wiedersehen. Ihr Gespräch entzündete eine Flamme in ihm. Zwei Minuten hatten dafür ausgereicht, dass er sich nach vergangenen Zeiten sehnte und glaubte, aus der Situation das Beste herausholen zu können. Außerdem, so gestand er sich ein, wie er da so allein in seinem Hotelzimmer saß, hinausschaute und ein All-Bot sein Glas füllte – außerdem fühlte er sich einsam. »Ich werde kommen. Sagt mir, wann und wohin.«

Es war Ende September, und das Wetter besserte sich. Am Persischen Golf wurden alle Gebäude gekühlt, aber die Welt draußen glich nicht mehr der Hölle. Das Thermometer zeigte weit unter fünfzig Grad an. Die Nächte wurden länger, und die Sonne ging erst nach sechs Uhr auf. Wenn sie am Horizont erschien, war sie wässrig und manchmal weiß wie Milch. Ami schlief jetzt bei offenem Fenster, und das erste Tageslicht weckte ihn sanft. Bei Sonnenaufgang trank er seine erste Tasse Kaffee. Er ging zu Manals Apartment und überprüfte, ob die Fliesenleger, Verputzer und Elektriker ihre Arbeit korrekt ausführten; erst danach nahm er sich frei, bestieg ein Shuttle zum Bahnhof von Ras el Chaima, nahm einen Uzi nach Süden und gelangte eine Stunde später zu dem wunderbaren Ressort, das ihm Rosenberg auf All-View gezeigt hatte. Und siehe da, da waren die beiden und lächelten unter ihren dunklen Brillen, umarmten ihn und klopften ihm auf die Schulter.

Die ersten Stunden waren so, wie Ami es sich erhofft hatte. Er zog seine Badehose an und sprang in den Pool. Sie waren zu dritt im Wasser, tollten herum wie die Kinder, schwammen und warfen Bälle. Ami liebte Schwimmbäder, erst recht solche wie dieses. Es war gut designt, weiträumig, sauber, an einem schattigen klimatisierten Ort gelegen und – abgesehen von der kunstvollen Keramik der Kacheln – mit Jabni el Dschuba der dritten Generation gebaut, also circa zehn Jahre alt. Ami zeigte seinen Freunden stolz die Plakette.

Später, am Mittagstisch, sagte Ami: »Ich bin sicher, der Salat ist von Scharabi im Gazagürtel.« Die Speisekarte hatte ihnen der Kellner auf All-View geschickt: »Sautiertes Huhn auf philippinische Art an Salat von Farmen aus der Zone 5 / Jordan Banks.«

»Gaza ... diesen Namen habe ich ewig nicht gehört«, sagte Goldstein und lächelte. »Iss, schlag dir den Bauch voll, der Salat ist fantastisch.«

»Ist euch das auch aufgefallen?«, fragte Rosenberg. »Seit Post-Cap und den neuen Gesetzen sind Speisen auf philippinische Art nur noch pseudoexotisch, denn Filipinos gibt es hier nicht mehr. Das ganze Küchenpersonal, die Kellner, die Leute vom Pool, vom Hotel und alle anderen Dienstleister sind junge Leute von hier oder einer benachbarten Zone der Union. Und sie leisten nur einen Bruchteil dessen, was man erwarten würde, und haben nicht die geringste Ahnung, was philippinisch ist.«

»For sure«, sagte Goldstein, »der Service ist grauenhaft. Sie warten nur auf das Ende der Schicht, um nach Hause zu gehen und sich zwei Tage auszuruhen.«

»Keine Ahnung«, sagte Ami, »ich bin mir nicht sicher, ob all die schönen Reden von den Fremden, die früher bei uns gearbeitet haben, wirklich zutreffen. Als würde ein echter Filipino, Thai oder Chinese die Speisen seiner Heimat authentischer kochen. Und zweitens, seien wir ehrlich, Menschen aus der Dritten Welt sind nicht mehr die Diener von Rechtsanwälten aus der Ersten. Und drittens …« – er hatte vergessen, was er sagen wollte, und schaute lächelnd auf die Bierflasche, die vor ihm stand – »… es gibt kein drittens, haha. Jedenfalls züchtet Scharabi geilen Kopfsalat, und sein Rucola ist so scharf wie von hier bis zum Mars.«

Die Rechtsanwälte lachten. »Du bist immer noch ein Verfechter der Menschenrechte und von Post-Cap, obwohl sie dir Millionen aus der Tasche ziehen.«

Plötzlich schwebte eine dunkle Wolke über ihrem Tisch. Ami dachte an seinen Vater, und vielleicht dachten auch die beiden Anwälte an ihn. »Also, warum seid ihr hier?«, fragte er.

Rosenberg schaute zu Goldstein. »... um die Sozialstunden abzuleisten, die man uns aufzwingt. Wir tun also zwei Dinge gleichzeitig: chillen und juristischen Beistand leisten.«

»Und warum nicht in Tel Aviv?«

»Weil sie hier einen wunderbaren Swimmingpool und ein Megahotel haben. Und weil dieser Ort zur Middle Eastern Union gehört und wir den Job ebenso gut hier erledigen können. In unsere Sprechstunde kommen die Kellner und das Küchenpersonal, das keine Ahnung hat, wie man philippinisches Huhn kocht, und klagen uns ihr Leid: dass sie eine andere Wohnung brauchen, dass die Behörden ihre Familienprobleme nicht lösen oder ihnen nicht erlaubt wird, einen eigenen Betrieb aufzubauen, obwohl sie eine ausreichende Zahl von Unterstützern nachweisen.«

»Und ihr helft ihnen tatsächlich?«

Goldstein lächelte, stand auf und ging zum Pool. Er hüpfte auf das Sprungbrett und vollführte einen eleganten Kopfsprung. Es schien, als tauche ein behaarter Delfin ins blaue Meer ein. Ami schaute zu Rosenberg, der schulterzuckend eine gesunde BDC-Zigarette vom Kellner entgegennahm.

Da fiel Ami ein, was er noch hatte sagen wollen: dass es hier und da tatsächlich noch »authentische« ausländische Arbeitskräfte gab. Entweder waren es Kinder von Einwanderern, die vor Jahrzehnten ins Land kamen, oder sie erhielten Visa zum Zwecke der Familienzusammenführung oder reisten illegal ein, zum Beispiel über die Grenze zwischen dem Jemen, der außerhalb der Union lag, und Zone 1, der Arabischen Halbinsel. Weshalb hatte er das sagen wollen? Vielleicht um zu erklären, dass es noch immer Menschen gab, die anders aussahen und anders lebten, selbst wenn es weniger waren als in früherer Zeit.

Sie verbrachten zwei Stunden plaudernd am Pool. Ami genoss es. Er hatte seit Monaten keine solchen Gespräche geführt, schon gar nicht bei seinen Eltern in Zone 5, wo sich alles um die Krankheit des Vaters drehte. Und hier, in Zone 2, sprach er an normalen Tagen entweder von der Arbeit oder tauschte mit irgendeinem Dienstleister belanglose Sätze über das Wetter aus. Er ging nicht aus, trank nicht, rauchte nicht, tanzte nicht. Ohne Kontext fiel es ihm schwer, mit Menschen ins Gespräch zu kommen, doch das war in Ordnung. Mit vierundvierzig Jahren wusste er, dass dies seine Persönlichkeit und das Leben war, für das er sich entschieden hatte. Er hatte sich nicht damit abfinden müssen, sondern es so gewollt. Nach einem langen Arbeitstag ging er zurück ins Hotel, zog seine Kleider aus und legte sich in den Jacuzzi. Später schaute er auf dem Wallscreen Nachrichten auf El Ruba, Meta oder Goodjoo, spielte auf einer Plattform Fußball, trieb Fantasy-Sport oder startete mit Leila ein Sportwagenrennen. Im

Vergleich damit war der heutige Tag völlig anders, und Ami genoss es, mit zwei alten Freunden zusammen zu sein. Ihm wurde klar, dass ihm das in seinem normalen Leben fehlte.

Ein Warnton meldete sich. Er tippte an sein Ohr, um zu prüfen, wer ihn ausgelöst hatte. Ein Hologramm öffnete sich und zeigte an, dass Odelia ihn sprechen wollte. Er beschloss, nicht zu antworten. Einige Minuten danach sah er, dass Herzi ihn zu erreichen versuchte. Auch ihn klickte er weg. Erst beim dritten oder vierten Mal, als die beiden Anwälte in aufblasbaren Sesseln auf dem Wasser schwammen und bunte Cocktails schlürften, nahm er Odelias Gespräch entgegen.

»Hi, Odi.«

»Du musst dich in Acht nehmen«, sagte sie. »Dekel schickt Rosenberg und Goldstein an den Golf.«

»Um was zu tun?«

»Um dich aufzuhalten. So habe ich das zumindest verstanden.«

»Wo hast du das gehört?«, fragte Ami und winkte seinen Freunden, die ihn zu sich ins Wasser riefen.

»Heute im Büro meines Vaters«, sagte Odelia. »Ich sah zufällig irgendwelche Flugdaten und den Vermerk DBX. Und mein Vater sagte zu Dekel, er werde sie losschicken, damit sie das Problem ein für alle Mal lösen.«

Ami hörte zu, nickte und sagte: »Gut.«

»Willst du nicht ein paar Tage herkommen?«, schlug Odelia vor. »Du könntest deinen Vater besuchen und wärst hier in Sicherheit. Du würdest ihnen den Teppich unter den Füßen wegziehen.«

»Ja, vielleicht«, sagte Ami. »Ich danke dir, Odi.«

Als er die Verbindung unterbrach, traf eine neue Meldung ein.

»Herzberg?«

»Goldstein und Rosenberg sind hinter dir her«, warnte ihn Herzi.

»Wer sagt das?«

»Die Kamera in Dekels All-Bot. Ich habe dir soeben die Bilder geschickt. Sie wurden aufgenommen, als er mit deiner Mutter sprach. Wenn man die Kameras querschaltet, kann man beide Seiten hören.«

Unterdessen kehrten Rosenberg und Goldstein vom Swimmingpool zurück und streckten sich auf den beiden Liegen rechts und links von Ami aus.

»Warum bist du nicht ins Wasser gekommen?«

Ami lächelte und sagte zu Herzi: »Ich werde es prüfen. Danke und goodbye.« Danach blickte er zu seinen Freunden und fragte: »Wie war es?«

»Ein Genuss! Wir sollten noch einmal zusammen hineinspringen.«

»Entschuldigt mich, ich muss pinkeln«, sagte Ami und stand auf.

In der Toilette steckte er sich den Zeigefinger in den Hals und übergab sich. Er hatte Erfahrung damit. In jungen Jahren war er dick und versuchte, auf diese Weise abzunehmen. Diese Zeit lag lange zurück, aber die Tech-

nik funktionierte noch. In der Kloschüssel schwammen
Stücke vom Salat, den die Schufte vergiftet hatten. Er
ging zum Wasserhahn und trank, wusch sich das Gesicht und prüfte sein Aussehen im Spiegel. Er schwitzte
nicht, und sein Blick war klar. Bevor er den Waschraum
verließ, schaute er die Aufnahmen an, die Herzi ihm geschickt hatte.

Als er zu seinen Freunden zurückkehrte, hatten sie
sich Bademäntel übergeworfen. »Komm mit uns aufs
Zimmer«, schlug Goldstein vor. »Wir trinken Kaffee
und setzen uns auf die Terrasse.«

Amis Blick verriet nichts von seiner Enttäuschung
und der plötzlichen Einsicht, dass am Ende eines Nach-
mittags mit alten Freunden und mit Erinnerungen an
schöne Zeiten etwas anderes, viel Größeres wartete:
eine Falle. Er dachte an die Begegnung mit Dekel, seiner Mutter und Polanski in der Kanzlei. Schon damals
wusste er, dass die Zeit der Unschuld vorüber war. Und
jetzt lockten sie ihn in ein Zimmer eines Hotels in Dubai und wollten ihn töten. Es gab keine andere Lösung,
nachdem er Dekel den blauen Beutel gezeigt hatte: Ami
durfte ihnen nicht entkommen. Am Swimmingpool, vor
den Augen aller, war das Wagnis zu groß, doch im In-
nern des Hotels konnten sie ihren Auftrag unbeobachtet
zu Ende führen.

Rosenberg hatte eine riesige Suite gemietet.

»Ich«, verkündete Goldstein stolz, »habe die gleiche
am anderen Ende des Ganges.«

»Warum so weit weg?«

Die beiden Anwälte schauten sich fragend an und grinsten.

Ami keuchte. Er setzte sich schwerfällig auf das Sofa und fasste sich an die Stirn. »What the fuck ... ist mir übel!« Sein Kopf kippte vornüber, und er atmete schwer. Rosenberg beugte sich über ihn.

»Ist alles in Ordnung, Ami?«, fragte er und schüttelte mit seiner großen Hand Amis Schulter. »Hier, nimm. Trink etwas Wasser. Das hilft.«

Ami hob den Kopf, nahm das Glas und schaute hinein. Er roch daran und blickte seinen Freund an.

»Was ist das?«

»Wasser«, sagte Rosenberg und zuckte mit den Schultern.

»Wo ist Goldstein?«

»Auf der Terrasse, er raucht. Soll ich ihn rufen?«

Doch dann fiel Ami. Das Glas rutschte aus seiner Hand und landete auf dem dicken Teppich, der die Flüssigkeit aufsog. Sein Körper schien auseinanderzubrechen: Die Knie, die Finger, seine Hüfte und seine Brust, alles rollte über den flauschigen Boden, und zuletzt spürte er einen Schlag gegen den Kopf und blieb reglos liegen.

»Ami, was ist?«

Er hörte Goldsteins eilige Schritte. Sein Gesicht ruhte im Stoff des Teppichs, aber seine Ohren waren weit geöffnet.

»Was ist passiert?«, fragte Goldstein.

»Er ist zusammengesackt«, antwortete Rosenberg und senkte die Stimme. »Ich weiß nicht, ob er uns hört.«

»Ich glaube nicht, dass er uns hören kann.«

Aber Rosenberg machte: »Pscht.«

Ami wartete. Mit dem Gesicht auf dem Teppich lag er bewegungslos in dem angenehm kühlen Raum, Musik begann zu spielen, und im Hintergrund tuschelten die beiden Männer. Ami überlegte, wie viele Freunde ihm noch blieben. Einer mit Sicherheit: Herzi. Oder zwei, wenn er Odelia dazuzählte, obwohl es mit ihr komplizierter war. Trotzdem war sie in einer wichtigen Phase seines Lebens seine engste Vertraute gewesen und stand ihm noch immer nahe. Auch Rosenberg und Goldstein waren einst seine Freunde, bedingungslos und ohne Ansprüche. Doch die Situation hatte sich verändert: Geld und Macht hatten sie verdorben, obwohl das Geld seit Post-Cap an Bedeutung verlor, da jetzt alle genug davon hatten, jedenfalls genug, um zu überleben, und da die Anhäufung von Kapital und Eigentum durch eine gesetzliche Obergrenze beschränkt war. War Ami enttäuscht? Enttäuschung war die Folge von Erwartungen, doch hatte er welche gehabt? Er hatte seine Freunde und ihre Freundinnen immer geliebt, in den guten alten Zeiten, früher, als sie noch an der Uni waren. Aber die Zeit war über sie hinweggefegt und hatte manches verändert. Die Episode in Tel Aviv, die Zusammenarbeit mit Dekel. Nein, er war nicht enttäuscht. Es hatten sich lediglich seine Vorstellungen von den simplen Gesetzen des Universums und den Bedürfnissen der menschlichen Spezies bestätigt.

Zwischen seinen Schultern spürte er den Druck einer Hand. Sie prüften, ob er noch atmete, und er ließ es geschehen, bis er glaubte, dass der richtige Moment gekommen war. Blitzschnell drehte er sich um, schlug die Hand fort und öffnete die Augen.

»Ha!«, rief er und sprang auf. Goldstein und Rosenberg wichen erschrocken zurück.

»Wenn ihr euch sehen könntet«, sagte Ami, »zwei traurige Gestalten! Meinen Vater hat Dekel mit Feria vergiftet, aber euch hat er mit Geld und Macht verseucht. Mit Geld, das ihm nicht gehört und von dem ihr glaubtet, profitieren zu können. Aber es ist unser Geld und unsere Macht. Und ihr steht da als zwei arme Betrüger, die Sozialstunden leisten mit einem Cocktailglas in der Hand am Swimmingpool in Dubai.«

Die beiden Anwälte schauten ihn an und versuchten, die Situation einzuschätzen. Ami ließ sie nicht aus den Augen. Sie überlegten, ob sie Plan B aktivieren sollten. Sicherlich hatten sie einen Revolver oder ein Messer für den Fall, dass das Gift nicht wirkte.

»Rührt euch nicht von der Stelle!«, warnte Ami. »Ich weiß genau, was ihr vorhabt.«

»Ami, wir sind zu zweit, und du bist allein«, sagte Rosenberg. »Es nützt nichts, lass uns die Angelegenheit in Ruhe zu Ende bringen.«

»Ja, ihr seid zu zweit, aber ihr dachtet, ich läge vergiftet am Boden«, erwiderte Ami, obwohl er wusste, dass sie recht hatten. Sie waren stärker als er, nur mit Willensstärke und Selbstsicherheit konnte er siegen.

»Freunde«, sagte er, »wir haben nette Stunden am Pool verbracht. Was für ein Spaß es ist, mit alten Kumpels die Zeit totzuschlagen! Wir sind die Comrades, ein starkes Trio, nicht wahr? Aber ich wusste längst, dass ihr verdorben seid und mein Onkel, der Mörder, euch geschickt hat.«

»Dekel ist kein Mörder. Er hat niemanden umgebracht.«

»Es ist ihm nicht gelungen, aber er hat es versucht. Ihr seid Anwälte und werdet mir erklären, was der Unterschied ist. Aber der Unterschied betrifft allein das Ergebnis. Und das Strafmaß. In moralischer Hinsicht ist es dasselbe. Und ihr steht auf seiner Seite, wolltet mich mit Scharabis Salat aus dem Weg räumen. Zum Glück bin ich schlauer als ihr.«

Die beiden standen wie gelähmt. In nassen Badehosen. Das Brusthaar klebte an ihrer blassen Haut. Die geräuschlose Klimaanlage ließ ihre Glieder gefrieren. Anwälten ohne Anzug und Krawatte fehlt es an Eloquenz. Ami wusste, dass er keine Zeit verlieren durfte und fliehen musste, doch es drängte ihn, seine Rede fortzusetzen.

»Hört gut zu, Goldstein und Rosenberg. Macht euch auf den Weg zu meinem Onkel, eurem Mandanten Dekel Allalouf, der euch Geld versprochen hat, mit dem ihr nichts anfangen könnt. Nicht einmal Steuern könntet ihr damit sparen, und selbst Erbschaften sind heute vom Gesetz her beschränkt. Aber ihr habt ohnehin keine Erben. Nach allem, was ihr mir stolz erzählt habt, geht ihr aus Prinzip keine festen Beziehungen ein. Daher frage ich mich, warum es euch so sehr reizte, diesem Idioten zu helfen. Dekel kann ich verstehen – bei ihm geht es um Macht und Ansehen und einen Kampf mit dem kleinen Bruder, der ihn überholt hat und in dessen Schatten er stand. Obwohl es ihm unter Amrams Fittichen immer gutging! Und natürlich ist längst erwiesen, dass das Streben nach Macht und Ansehen im Menschen angelegt ist und sich nicht ausrotten lässt, indem man ihm ein neues Wirtschaftssystem überstülpt. Doch ihr – was sucht ihr? Was bringt euch die Sache? Okay, die Wege des Herrn sind unergründlich, und in eure verqueren Hirne will ich nicht hineinschauen ...«

»Halt, Ami, du ...«

»Pscht, Goldstein, pscht! Jetzt spreche ich, und ihr haltet den Mund. Ihr nehmt das Flugzeug nach TLV und danach den Uzi nach Dimona und richtet dem Hundesohn aus, dass er mir nicht entwischt. Ich weiß genau, was er getan hat und was seine Pläne sind, aber meinen Vater und mich räumt niemand mit Gift aus dem Weg.«

Rosenberg unterbrach ihn. »Ami, in moralischer Hinsicht magst du recht haben, aber deine Schlussfolgerungen sind falsch. Zum Wohle des Unternehmens musst du zurücktreten, sonst nimmt die Geschichte ein böses

Ende. Ein Krieg in der Familie wird alle hineinziehen, und ohne hier auf Details einzugehen, ist die Lage doch so, dass dein Vater nicht geschäftsfähig ist und du hier am Golf lebst. Daher kann nur Dekel mit der Unterstützung deiner Mutter die Firma in Dimona leiten. Lass uns vernünftig sein, um deiner selbst und Amrams willen und zum Wohle der ganzen Firma. Auch wenn du mir nicht glaubst, als dein Freund sage ich dir, dass es besser ist, wenn du nachgibst.«

Ami schaute ihn verächtlich an. Er wollte etwas antworten, doch er hielt inne. Sosehr er es liebte, zu reden und recht zu behalten, und so groß seine Euphorie nach dem vereitelten Attentat war, so wusste er doch, dass er sich jetzt keinen Fehler erlauben durfte. Seine Gegner waren zu zweit, und was nützte es, in rhetorischer Hinsicht der Stärkere zu sein?

»Wagt es nicht, mir zu sagen, was für meinen Vater, für mich oder die Firma das Beste ist«, sagte er, drehte sich um und eilte zur Tür hinaus.

Auf dem schnellsten Weg, ohne innezuhalten oder sich umzuschauen, kehrte Ami in sein Hotel in Ras el Chaima zurück. Dort sank er erschöpft auf sein Bett und stieß einen schmerzerfüllten Schrei aus.

Post-Cap konnte die menschlichen Triebe, das Konkurrenzdenken und die Rachegelüste, die in unseren Genen verankert sind, nicht ausmerzen. Der Fokus verschob sich nur vom Geld hin zu Ansehen, Macht und Kontrolle. Die alternden Millennials traf es besonders hart. In ihren Augen stellte das neue System alles auf den Kopf. Es nahm denen, die etwas hatten, einen Teil davon weg. Es zwang sie, Opfer zu bringen und sich an ihrem Lebensabend mit einer Welt auseinanderzusetzen, die anders war als jene, die sie von klein auf kannten. Die Jüngeren jedoch, die in den Dreißiger- und Vierzigerjahren des einundzwanzigsten Jahrhunderts geboren waren und zu Beginn der Post-Cap-Kampagne aufwuchsen, verwirrte es noch mehr. Trotz des wachsenden Wohlstands und des Rückgangs der politischen Gewalt gelang es dem neuen Zeitalter nicht, die Leere, Langeweile und Depression, die die KI-basierte Automatisierung hervorrief, auszugleichen. Gewiss war der Zwang, viele Stunden des Lebens mit einer stumpfsinnigen, harten Arbeit zu verbringen, die Seuche früherer Jahrhunderte, doch hat sich niemand vorstellen können, welchen Fluch die vielen freien Stunden, die dank der neuen Ordnung gewonnen wurden, für den Menschen bedeuteten. »Die verfluchte Freizeit« war in den Fünfzigerjahren der Titel eines wütenden Aufsatzes von einem jungen Schweden namens Aalberg, der sich zu einem Bestseller entwickelte und millionenfach in Selfvideo-Versionen auf der ganzen Welt kursierte. »Verfluchte Freizeit« wurde zum Schlüsselwort einer ganzen Generation.

Zum Beispiel Odelia. Sie hatte erfolgreich am Initiativprogramm der Regierung teilgenommen, das es jedem ermöglichte, eigene Vorschläge einzureichen und in

dem Umfang, in dem er unter seinen Mitbürgern Befür-
worter fand, staatliche Unterstützung zu erhalten. Odelias Idee war die Vermittlung von Haustieren und ein
Angebot von Dienstleistungen und Produkten gewesen,
die ihre Aufzucht und Pflege unterstützten. Sie hatte
rechtzeitig erkannt, dass die Jahre der Pandemie und der
Gaskatastrophe und die Einsamkeit, die damit verbunden war, den Bedarf an tierischen Gefährten ansteigen
ließen. Es waren Vermittler und helfende Hände nötig,
die den Bedürftigen, den Opfern der verfluchten Freizeit, Haustiere beschafften und fortan mit einer ganzen
Palette von Produkten zur Seite standen: Spaziergänge,
Fellpflege und Reinigungsarbeiten, Tierpensionen und
Friseursalons, Hunde- und Katzenfutter, psychische
Betreuung und jegliche dem Wohlbefinden förderliche
Techniken wie zum Beispiel Reiki für das Tier und seinen Besitzer. Ami hatte Odelias Projekt befürwortet und
mit wachsender Bewunderung zugesehen, wie sie es gemeinsam mit ihrer Freundin Alef entwickelte. Jeden Tag
erwartete er sie mit einem Teller Suppe, die er für sie
kochte, streichelte beruhigend ihr Haar, ermutigte sie,
lachte über ihre Geschichten und fühlte, wie ihm das
Herz aufging. Von der Prüfungskommission erhielten
sie die volle Punktzahl und anschließend auch genug Zustimmung aus der Öffentlichkeit. Und so eröffneten sie
ein Geschäft namens »Pardalis« an einem attraktiven
Standort im Süden der Stadt Bat Jam nahe dem Studen-
ten- und Künstlerviertel und den relativ neuen Wohn-

türmen, in die viele ältere Menschen einzogen, die vor den teuren Preisen in der Innenstadt flohen. Es war die passende Zielgruppe am passenden Ort. Ami war überzeugt, dass die beiden Frauen mit dem gelungenen Design ihres Ladens, der eine häusliche Gemütlichkeit ausstrahlte, und dem herzlichen Kontakt zu ihren Kunden etwas Wunderbares geschaffen hatten. Er staunte über Odelias phänomenales Gedächtnis – sie erinnerte sich an die Namen aller Kunden und Tiere und an alle Geschichten, die man ihr erzählte. Auch ihr Selbstbewusstsein gegenüber den Lieferanten beeindruckte ihn – und die schönen Umsätze, die Ami half, über Meta auf ein sich unaufhörlich füllendes Konto einzuzahlen. Sie war in ihrem Element, und er bewunderte sie und liebte es, sie so zu sehen. Genauso bewunderte Odelia Ami und liebte es, zu sehen, wie er mit Jabni el Dschuba Häuser baute. Die Beziehung zwischen ihnen festigte sich und erreichte ihren Höhepunkt.

Innerhalb eines Jahres zahlten Odelia und ihre Freundin das staatliche Darlehen zurück. Das Unternehmen lief hervorragend und wuchs, und dennoch bewahrte es seinen einzigartigen, von Odelias Persönlichkeit bestimmten Charakter. Sie arbeitete hart und genoss jeden Augenblick. Die Aufgabenteilung zwischen ihr und ihrer Freundin war klar: Odelia war während der Öffnungszeiten im Geschäft, sprach mit Kunden und Lieferanten, und Alef wirkte im Hintergrund, beschäftigte sich mit Anträgen und Steuern, Bestimmungen und Geset-

zen, Krediten und staatlichen Zertifikaten, Bestellungen
und so fort. Nach vier Jahren war Pardalis eine bekannte
Marke, und man bot ihnen an, ihr Unternehmen zu erweitern und Filialen zu eröffnen, doch das war weder die
Idee noch ihr Ziel. Sie wollten die verfluchte freie Zeit
ausfüllen und nebenbei ein paar Digis verdienen, mehr
brauchten sie nicht.

Bis Alef eines Tages von ihren Ärzten schlechte Blutwerte mitgeteilt bekam und innerhalb von zwei Monaten an einem bösartigen Tumor starb ... Odelia gelang es nicht, das Geschäft allein weiterzuführen. Sie
war hervorragend in der Umsetzung, aber nicht in der
Leitung. Sie hatte eine Begabung für den Umgang mit
Menschen, aber nicht für die Buchführung. Auch wenn
ökonomischer Gewinn nicht mehr ein Grundmotiv allen
Handelns war, so musste ein Geschäft doch überleben.
Und man überlebt, weil man Gewinn macht. Trotz aller
Unterstützung und allen Erfindergeists, trotz der großen
staatlichen Programme, die nicht auf Profit abzielten,
sondern auf Freizeit und den Beitrag, den der Einzelne
für die Gemeinschaft leisten kann – für Odelia endeten
die Dinge hier. Ami wollte ihr helfen, aber sie nahm seine
Hilfe nicht an. Sie wollte ihn nicht von seiner Arbeit ab-
lenken, und obwohl er versicherte, dass er Zeit habe,
küsste sie ihn und sagte, sie bevorzuge es, wenn jeder
von ihnen autonom bliebe und die Arbeit nicht ins Private eindränge. Ami stimmte ihr zu, doch er wusste, dass
beide Bereiche zwangsläufig miteinander verschmolzen

waren. Die Arbeit beeinflusste das Private, und das Private wirkte sich auf die Arbeit aus. Odelia versank in Depressionen, und bald stand ihr Geschäft leer und verlassen. Mithilfe ihres Vaters verkaufte sie das Ladenlokal ohne Verlust an ein junges Mädchen, das im rechten Augenblick am rechten Ort war und dort einziehen wollte, so wie Odelia einige Jahre zuvor.

Odelia war am Nullpunkt angelangt, und Ami, ihr Freund und Geliebter, dachte an etwas, das einst sein Vater zur Rechtfertigung von Post-Cap sagte, obwohl seine Familie für die neue Politik teuer bezahlte: »In der Möglichkeit zu wählen, liegt etwas Befreiendes. Unsere Zeit und unser Herz sollten nicht an eine Tätigkeit gebunden sein, die wir nur deshalb ausüben, weil man uns zwingt.« Das hörte sich logisch, ja sogar weise an, doch nun fragte sich Ami: Was ist, wenn es eine Tätigkeit gibt, die du gern ausübst, aber nicht ausüben darfst? Was tust du mit der verfluchten Zeit, die keinem Zwang unterworfen ist? Am Ende der Geschichte von Pardalis war Odelia eine unglückliche Frau. So wie viele in ihrer Generation, der »verlorenen Generation«, in der psychische Zusammenbrüche an der Tagesordnung waren. Betroffen war auch ihr Bruder, El-Or, der auf der Suche nach sich selbst bis nach Indien gereist war, sich mit dem Im- und Export von Gewürzen und Heilkräutern die Zeit vertrieb und verschiedene östliche Praktiken erlernte, um sie in Zone 5, den Jordan Banks, zu unterrichten – Techniken, die eine Antwort auf die verfluchte freie Zeit und die seelischen Probleme, die sie hervorrief, geben sollten, aber letztendlich selbst ihrem Lehrer nichts nützten.

Ami fragte sich, ob nur Odelias Versagen als Geschäftsfrau an ihrem Absturz schuld war oder die Ursachen tiefer lagen. Es war weder ihre noch die Absicht der Regierung, Gewinne zu erzielen; gemeinsam mit ihrer Freundin Alef wollte Odelia nur einsamen Menschen und herrenlosen Tieren helfen. Aber vielleicht hing beides miteinander zusammen: Vielleicht zeigte die Geschichte von Pardalis, dass sich die Spielregeln nicht so leicht ändern und dass wirtschaftlicher Erfolg eine Voraussetzung ist, um den sozialen Frieden zu fördern. Odelias Abstieg wurzelte in der Unfähigkeit, ihren Kunden auf Dauer zu helfen. Zwar war ihre Existenz in ökonomischer Hinsicht durch den staatlichen Basislohn abgesichert, doch das allein befriedigte Odelia nicht.

Und noch eine andere Frage beschäftigte Ami: Warum genügte er seiner Freundin nicht? Warum reichte die Liebe nicht aus? Die Antwort kannte er: Weil es schwierig ist zu lieben. Weil die Liebe kompliziert ist. Sie ist dynamisch und voller Herausforderungen, zu denen auch das Zeitproblem gehört. Es kann eine Bürde sein, zu viel Zeit füreinander zu haben. Auch davon hatte Aalberg in seinem Artikel gesprochen: über den Schaden, den ein Übermaß an Freizeit den menschlichen Beziehungen zufügt. Ami und Odelia liebten einander, und dennoch gelang es ihnen nicht, sich an ihrer Liebe aufzurichten, sie festzuhalten und ihr Glück zu bewahren.

Nachdem er Rosenberg und Goldstein nach Hause geschickt hatte, überlegte Ami, was nun zu tun sei. Er führte letzte Arbeiten an Manal Ibn Marhouns Apartment aus, und danach blieben noch zwei kleinere Renovierungsvorhaben aus dem Sommer. Er fragte sich, ob er noch in der Firma seines Vaters beschäftigt war, konnte die Tragweite der Szene mit den beiden Anwälten, die sein Onkel, der neue Direktor, an den Persischen Golf geschickt hatte, nicht einschätzen. Bei dem Gedanken schwindelte ihm. Was würde er tun? Er hatte einmal an einem Seminar teilgenommen, das das Freizeitministerium für Menschen wie ihn veranstaltete: »Nachdenken über die Zeit nach dem Beschäftigungsende«. Und er hatte jede Sekunde gehasst. Man schlug ihm vor, gute Literatur zu lesen. Also vertiefte er sich in einige der empfohlenen Romane und Theaterstücke, doch gab er bald auf. Bücher vermochten ihn nicht zu fesseln.

Er sprach mit Odelia, die traurig und sehr verletzlich schien. Er fühlte sich schuldig. Es war offensichtlich, dass sie mehr Nähe wünschte, jedoch verstand, dass es besser war, keinen Druck auszuüben und ihn nicht zu bedrängen. Auch er sehnte sich, doch hatte er Mitleid mit ihr. Sie hatte es nicht verdient, dass er sie nochmals enttäuschte. Am Ende einer Beziehung gibt es für den Verlassenen mehrere Wege, seinen Kummer zu überwinden: Wut, Enttäuschung, Selbstmitleid. Er ist traurig, und seine Gefühle sind nachvollziehbar – du liebst jemanden, doch der andere will dich nicht, und es ist nicht deine Schuld. Aber der, der ihn verlassen hat, kämpft nicht nur mit dem Verlust eines geliebten Menschen, sondern auch mit Schuldgefühlen, weil er die Verantwortung trägt. Noch viele Jahre später quält ihn die Frage, ob er richtig gehandelt hat. Zudem war es ihm nicht gestattet, sein Leid zu beklagen, weil er es war, der den anderen verletzt hat. Ami sah Odelia an und fühlte eine solche Liebe zu diesem blassen, niedergedrückten Mädchen. »Willst du, dass ich komme?«, fragte er. Sie hob den Blick, und er sah ihre Tränen. »Ja«, sagte sie leise.

Nachdem er sich von Ibn Marhoun und der überglücklichen Manal mit Umarmungen und Segenswünschen verabschiedet hatte, begab er sich nach DBX und nahm dort einen Inlandsflug nach TLV. Einen großen Teil der Reise verbrachte er mit einem Gespräch mit Herzi, der ihm mitteilte, dass Dekel sich das Familienunternehmen endgültig einverleibt hatte. Er wusste nicht, welche Rolle Dekel für seinen Neffen vorsah und ob Ami überhaupt noch im Spiel war. Jedenfalls war Greta als stellvertretende Vorsitzende in die Firma eingebunden und die ganze Zeit an Dekels Seite. Sie verbrachte mehr Zeit bei ihm als in ihrem eigenen Haus, wo noch immer Amram, ihr Ehemann, mit verwundertem Blick in seinem Bett lag und die Welt um sich her nicht mehr verstand.

»Wie kann man das ertragen, ohne verrückt zu werden?«, fragte Ami. »Sie sind Räuber. Wir müssen die Firma in die richtigen Hände zurückgeben.«

»Ich verstehe dich«, sagte Herzi, »doch ich weiß

nicht, wie. Sie haben sich nach allen Seiten abgesichert, geschäftlich und rechtlich.«

»Um einen Ansatzpunkt zu finden, werde ich meine Mutter besuchen«, beschloss Ami.

Zum Glück war es schon November, in den Morgenstunden war es kühl, und man konnte in Zone 5 endlich wieder frei atmen. Ami traf mit dem Uzi in Dimona ein. Da die Reise nicht geplant war, lieh er am Bahnhof ein Shuttle und steuerte es selbst zum Dänemarkplatz. Er klopfte an der Tür seines Elternhauses und rief: »Mama, bist du da?«

Von drinnen hörte er Geräusche und öffnete die Tür. Seine Mutter saß im Wohnzimmer, er ging zu ihr und küsste sie.

»Ami! Was tust du hier, Junge?«, fragte sie überrascht.

»Ich bin hier zu Hause, nicht wahr?«

»Wie bitte …? Aber natürlich, natürlich.« Sie lächelte und ging in die Küche. »Willst du Eistee?«

Doch statt zu antworten, eilte er in das Zimmer seines Vaters. Dort war Leila, die ihn lachend umarmte.

»Wie geht es ihm?«

»Unverändert«, sagte Leila.

Ami trat an das Bett des Vaters und sah, dass sie ihn nicht mehr rasierten. Sein Bart war ungepflegt, und seine leeren Augen schauten ins Nichts. Ami beugte sich zu ihm und flüsterte:

»Ich bin es, Papa. Ami! Ich bin bei dir. Ich bin gekommen, um die Gerechtigkeit wiederherzustellen.«

Danach kehrte er ins Wohnzimmer zurück und rief seine Mutter. Ihm fielen die Blumen auf, die in einer Vase auf dem Esstisch standen. »Seit wann stellst du Blumen hin?«, fragte er.

»Was?« Greta blickte zum Tisch, dann zu Ami. »Warum nicht? Es sind nur Blumen.«

Er schaute sich um. »Hier hat sich einiges verändert. Es kommt mir merkwürdig vor.«

»Merkwürdig?«, fragte sie und näherte sich ihm, um ihn zu umarmen, doch er wich zurück. »Alles ist wie immer, Ami.«

Er schaute sie an. Etwas war falsch.

»Wie geht es Papa wirklich?«, fragte er nervös. »Versteckt ihr ihn vor mir?«

»Wir? Von wem redest du, Ami? Niemand versteckt ihn. Hat Leila es dir nicht gesagt?«

»Sie hat nur gesagt, dass sein Zustand unverändert sei.«

»Genau. Hier wird nichts versteckt, es ist alles wie zuvor.«

Sie stellte ein Glas mit kaltem Tee vor ihn hin, und Ami verrührte den Zucker mit einem kleinen Löffel. Sie setzte sich und schaute ihn ernst an.

»Ami, dein Benehmen beleidigt deinen Vater und die Firma, die er mit eigenen Händen aufgebaut hat.«

»Nein, Mama, dein Benehmen beleidigt Papa!«

»Das reicht, Ami. Hör auf, mir zu widersprechen.«

Ami wurde zornig, und sein Aufbrausen verunsicherte sie.

»Weshalb bist du gekommen?«

»Weshalb nicht? Ist das ein Problem?«

»Seit Wochen sprichst du nicht mehr mit mir. Ich dachte, du hättest mich vergessen.«

»Wie könnte ich dich vergessen, Mama? Du bist meine Mutter. Und du warst einmal Papas Frau. Und jetzt bist du ständig mit seinem Bruder zusammen, der ihm die Firma gestohlen hat. Mit seinen eigenen Händen! Aber du bist immer noch meine Mutter!«

»Ami, hör auf!«

Ami gab einen fürchterlichen Schrei von sich. Leila lugte aus dem Zimmer des Vaters, und seine Mutter schaute ihn entsetzt an. Eine unbekannte Wut war in seinen Augen. Kopfschüttelnd sprang er auf, und auch sie erhob sich und streckte ihre Hand nach ihm aus. Aber er brüllte: »Setz dich! Setz dich sofort wieder hin!«

»Ami! Was tust du?«

»Ich frage dich: Was tust *du*, Mama?!«

Er stellte sich vor sie, lächelte seltsam und hielt seinen Zeigefinger drohend vor ihr Gesicht. Weißhaarig, bleich und verängstigt kauerte sie auf ihrem Stuhl. Mit der flachen Hand drückte er ruckartig ihre Stirn nach hinten.

»Hilfe!«, rief Greta Allalouf, und wie ein Echo schallte es aus einer Ecke des Zimmers: »Hilfe!«

Ami drehte sich verblüfft um.

»Wer ist da?«

Hinter dem Vorhang bewegte sich etwas. Jemand hatte sich dort versteckt.

»Wer ist da?«, schrie Ami und ergriff die schwere Vase.

»Ami, nicht!«, rief seine Mutter, doch es war zu spät. Er schleuderte die Vase auf die verborgene Gestalt.

»Wen versteckst du da? Ist es Dekel, mein verfluchter Onkel, der neue Direktor?«

Doch der Mann, der verletzt zu Boden ging, war nicht Dekel.

»Was hast du getan?«, stöhnte seine Mutter und sah ihn mit großen Augen an.

Ami zog den Stoff zur Seite und blickte auf den weißen gezwirbelten Bart, die rechteckige Stirn unter dem kurz geschnittenen weißen Haar und ein Augenpaar, das ihn erloschen ansah.

»Was macht Polanski hier?«

Ami trocknete die vom Blumenwasser nassen Hände an seinem Hemd ab und wischte die Scherben zur Seite.

Greta beugte sich über den reglosen Körper.

»Was hast du getan? Warum hast du die Vase nach ihm geworfen? Das ist ein Verbrechen.«

»Ein Verbrechen? So wie den Ehemann zu vergiften, sich mit seinem Bruder einzulassen und ihm alles zu nehmen? Du meinst so eine Art Verbrechen? ... oder wie seinen Sohn vergiften zu lassen?«

Seine Mutter wich zurück und schaute ihn furchterfüllt an. Höhnisch betrachtete Ami den Berater seines Vaters, der ohnmächtig vor ihm ausgestreckt lag.

»Kleiner Idiot. Mischt sich in Dinge ein, die ihn nichts angehen«, murmelte er. »Aber mir ist es lieber, er liegt

k. o. am Boden, statt hinter Vorhängen zu schnüffeln und mir nachzustellen. Jedenfalls lebt er und wird wieder zu sich kommen.« Er schaute zu seiner Mutter und befahl ihr, sich wieder zu setzen. »Polanski ist nicht wichtig, hier geht es um dich! Allein dich hätte es treffen sollen!«

»Was hast du vor?«, flüsterte seine Mutter. »Warum bist du so grausam zu mir.«

»Sei still, Betrügerin! Du hast uns verraten!«

»Ich? Nein!«

»Schau mir in die Augen«, schrie Ami, und seine Brust bebte. »Nebenan liegt dein Ehemann, und nach allem, was ihr getan habt, wagst du nicht, hinzugehen und zu schauen, wie es ihm geht!«

Sie sah ihn an. Ihre Lippen zitterten.

»Wie konntest du nur?«

»Es war keine Absicht«, sagte sie weinend. »Papa hat einen Fehler gemacht. Er war bereit, zu viel aufzugeben.«

»Es war seine Entscheidung, nicht eure!«, zischte Ami und sah sie durchdringend an. »Hast du ihn nicht mehr geliebt?«

Sie antwortete nicht, schaute ihren Sohn an und weinte.

»Wie konntest du ein solches Urteil fällen? Hast du nichts gefühlt? Du solltest dich schämen, Mama!«

Sie senkte den Blick und sagte: »Ich bin todtraurig wegen alledem.«

Bei diesen Worten wäre er fast über sie hergefallen.

Er wollte sie erdrosseln, doch am liebsten hätte er selbst aufgehört zu atmen.

»Wie bösartig, wie verkommen du bist! Du hast ihn umgebracht!«

»Genug, sei still! Deine Worte stechen wie Messer.«

Sie richtete sich auf und umarmte ihren Sohn, und endlich ergab er sich, denn er konnte nicht anders. Er stand da und weinte mit ihr, bis er aus dem Nachbarraum einen Schrei hörte, der wie ein verletzter Rabe klang. Sein Vater. Ihr Ehemann. Blitzschnell löste er sich aus der Umarmung.

»Hast du gehört?«, rief Ami aufgeregt und lief ins benachbarte Zimmer. Doch sein Vater lag da und starrte ungerührt in die Luft.

»Was habe ich gehört?«, fragte Greta verwundert.

»Ich muss gehen, Mama. Aber vergiss nicht, dass wir deine Familie sind. Vergiss Papa nicht, und vergiss nicht mich. Erlaube diesem Mann nicht, sich zu nehmen, was uns und Papa gehört.«

Er betrachtete Polanski, der noch immer auf dem Fußboden lag, und dann seine Mutter, die am Tisch saß und sich mit der Hand an die Stirn fasste. »Sag Dekel, er soll jemanden schicken, der ihn abholt.«

Er verließ das Haus. Doch was nun? Was blieb ihm? Er ging zum Scheideberg, dem wunderbaren Projekt, das sein Vater ins Leben gerufen hatte, als er ein Kind war. Er gelangte zu dem Garten mit dem Spielplatz und setzte sich auf die Bank. Im November wurde es früh dunkel, dennoch saß er dort viele Stunden und fragte sich, was er nun tun sollte. Plötzlich vernahm er ein Summen. Es war eine Nachricht von Dekel.

»Was willst du?«, fragte Ami.

»Was tust du in Dimona? Wir brauchen dich in Ras el Chaima. Dort sind Dinge zu erledigen. Scheich Ibn Marhoun behauptet, dass bei ihm noch nicht alles fertig sei. Außerdem weißt du, dass es weitere Aufträge gibt. Ich möchte, dass du in den Emiraten Präsenz zeigst, sodass alle wichtigen Kunden den Namen Allalouf sehen. Mach dich schleunigst auf den Weg, Ami!«

Ami brach die Verbindung ab. Er hatte nicht vor, in Zone 2 zurückzukehren, sondern nahm ein Shuttle zum Bahnhof und fuhr mit dem Uzi nach Norden, um Abstand zu gewinnen. In Naharija mietete er einen Autonomy und befahl ihm, ihn in die Berge zu bringen. Der Herbst war eine gute Jahreszeit, nirgends war viel Verkehr. Unterdessen trafen weitere Nachrichten ein. Er drehte an seinem Ohrclip und las.

Dekel: »Deine Mutter sagt, du bist verrückt geworden.«

Odelia: »Wo bist du?«

El-Or kniff unter seinem langen glatten Haar die Augen zusammen, um bedrohlich zu wirken, und schimpfte: »Was hast du meinem Vater angetan, du kleines Stück Scheiße?«

Herzi: »Wo bist du? Geht es dir gut? Du wirst gesucht.

Was ist mit Polanski passiert? Deine Mutter sagt, du seist verrückt geworden, du hättest deinen bewusstlosen Vater schreien hören.«

Er verbrachte die Nacht in einem Zimmer in den Bergen. Zunächst wollte er nur einen Tag bleiben, doch dann schlossen sich weitere Tage an. Er schaltete den Ohrclip ab, um für niemanden erreichbar zu sein. Er wollte herausfinden, welches Leben er künftig führen könnte. Wie lebten die Menschen in der neuen Wirklichkeit? Er hatte nie aufgehört zu arbeiten, hatte es nie gewollt, nie gekonnt. Mit einer gewissen Beklommenheit betrachtete er die Menschen, die nur so viel taten, wie unbedingt notwendig war, die zum Beispiel nur zwei oder drei halbe Tage wöchentlich arbeiteten. Er schaute nach Serviceangeboten und Seminaren. Das Portal des Freizeitministeriums war gefüllt mit zahllosen Aktivitäten, doch keine reizte ihn. Er ruhte sich aus, schlief, legte sich in den Jacuzzi und ging spazieren. Er dachte nach: War es das, was die Leute taten, um sich ihr Leben zu erleichtern? Und damit soziale Gerechtigkeit herrschte? Was hatten sie davon? Was fühlten sie angesichts all der Zeit, die ihnen zur Verfügung stand? Was machten sie daraus? Suchten sie sich zwangsläufig Hobbys? Lasen sie, schauten sich Filme an? Wie viele Seminare über das Reichwerden konnte man besuchen? Und wozu wollte man überhaupt wissen, wie das geht? Nur um im Bilde zu sein? Hing es von Freunden und Angehörigen ab, welchen Weg man wählte? Oder von der Liebe? Er dachte an seinen Vater und an Odelia. Liebe ist eine schwierige Angelegenheit. Nie war etwas so, wie man es erwartete. Mal kam es zu früh, mal zu spät, oder es passte gar nicht.

Doch er fand keine Antworten. Vielleicht musste er abwarten, bis sich die richtige Gelegenheit bot. Man braucht Geduld. Muss die positiven Tendenzen anerkennen. Alle Kriege zwischen den Völkern hatten aufgehört. »Allein dafür hat es sich gelohnt«, sagte kürzlich der Regierungschef von Zone 6 (Ägypten), und alle zitierten ihn. Auch die Armut hatte sich verringert. Die Menschen wirkten ausgeglichener als früher, waren weniger getrieben. Fühlte er das auch an sich selbst? Ja, zumindest, bis die Sache mit seinem Vater anfing. Vielleicht liegt es am Alter, an der Selbstsicherheit, die man im Laufe seines Lebens gewinnt, und schließlich daran, dass man akzeptiert, wer man ist. Er selbst glaubte, zu unentschlossen und zögerlich zu sein – eine Eigenschaft, die in sein Wesen tief eingeprägt war und von äußerlichen Einflüssen nicht behoben werden konnte. Aber wer wusste schon, wie sein Leben ohne das neue System ausgesehen hätte? Was würde er gewinnen und was verlieren? Wie würde er sich verhalten, und was würde er fühlen? Das waren Fragen, auf die es keine Antwort gab. Man musste daran glauben, dass das neue System richtig war, und er bemühte sich, das zu tun, so wie es sein Vater getan hatte.

Er verbrachte viele Tage in dem Zimmer im Norden. Hin und wieder schaltete er den Ohrclip ein und ließ sich von Herzi Bericht erstatten. Aber es geschah nicht viel. Herzi lud ihn ein, ans Meer zu kommen. Odelia hinterließ ein paar kurze nichtssagende Botschaften, die er beantworten wollte, doch fiel ihm nichts ein, was er ihr hätte sagen können. Und El-Or piesackte ihn weiterhin wegen seines Vaters. Es stellte sich heraus, dass Polanski mit einer Kopfverletzung im Krankenhaus lag. Ami schrieb an Odelia: »Entschuldige wegen deinem Vater. Er hat sich hinter einem Vorhang bei meiner Mutter versteckt. Ich konnte nicht wissen, dass er es war.« Nur insgeheim gestand er sich ein, dass er die Vase auf jeden Fall geworfen hätte. Er hätte sich sogar bemüht, seinen Gegner noch härter zu treffen, wenn er gewusst hätte, dass sich Polanski im Wohnzimmer seiner Mutter verbarg. Für El-Or zeichnete er eine Botschaft auf: »Tauch mal unter und kühl dich ab, du Würstchen! Und reise ruhig auf unsere Kosten nach Indien, um zu lernen, was Gleichmut ist.«

Dekel forderte ihn auf, unverzüglich nach Dubai zu fahren, wo eine Konferenz der regionalen Jabni-Vertreter anberaumt war.

»Nicht jetzt, Dekel«, antwortete Ami entschlossen.

»Soll ich dich rauswerfen?«, drohte Dekel.

»Dazu bist du nicht befugt.«

»Ich bin nicht nur befugt, sondern sogar verpflichtet dazu. Moralisch und rechtlich. Frag deine beiden Freunde, Rosenberg und Goldstein.«

»Sind sie nicht deine Freunde, deine hilfsbereiten Zwerge?«, erwiderte Ami. »Du hast nicht das Recht dazu, also wage nicht, mich von meinem Posten zu entfernen.«

Dann legte er den Ohrclip ab. Er war sicher, dass Dekel es nicht wagen würde. Er war zu feige und besaß keinen Raubtierinstinkt.

Er blieb einen Monat. Nach einigen Tagen, die er in seinem Zimmer verbrachte, begann er auszugehen. Das Arrangement, das er bei seiner Ankunft im Hotel buchte, schloss die Benutzung des Schwimmbads und das Frühstück im Speisesaal ein. Was er darüber hinaus benötigte, kaufte er in einem Geschäft. Er ließ die Tage vorbeiziehen und überließ es ihnen, zu bestimmen, wer er war und was er sein wollte. Ob er Heimweh nach der Golfregion hatte? Ja und nein. Er dachte oft an seinen Vater und seine Klienten, seine Arbeit; das Planen und Bauen mit Jabni el Dschuba fehlten ihm. Auch die kleinen Annehmlichkeiten seines Sieben-Sterne-Hotels und das verlässliche Wetter vermisste er. Was ihm nicht fehlte, waren die Leere und die belanglosen Gespräche. Zwar hatte er hier in den Bergen weniger Gesellschaft als am Persischen Golf, doch musste er niemandem etwas vorspielen. In dem Zimmer mit Blick nach Norden hatte er das Gefühl, endlich die neue Wirklichkeit zu erkennen, die sich in den vergangenen Jahrzehnten um ihn her gebildet hatte. Hier versuchte er, das Leben zu nehmen, wie es kam, außerhalb der Blase, die ihn gefangen hielt. Er kam mit dem echten Leben in Kontakt und fragte sich, ob es ihm gefiel. Doch Veränderungen brauchten Zeit, und es war zu früh, um zu urteilen. Du musst dich an dich selbst noch gewöhnen, an das, was du geworden bist, und erst danach darfst du fragen, ob es gut oder schlecht ist. Alles in allem war der Aufenthalt angenehm, und er hatte Lust, länger zu bleiben. Er genoss es, fern von Dimona zu sein, das nur Schmerz und Kämpfen bedeutete. Zwar sehnte er sich nach seinem Vater und sorgte sich um ihn, aber er wusste, dass sie einander nicht helfen konnten.

Das einfache Schwimmbad mit der für die Wintertage angebrachten Überdachung aus billigen Plastikplanen und dem verwilderten Naturrasen unterschied sich erheblich von den vornehmen gefliesten Pools, die er sonst besuchte. Jeden Morgen ging er hinunter und schwamm in einer Stunde zwei Kilometer und entspannte seine Muskeln anschließend unter dem heißen Strahl der Dusche. Wenn er fertig war, ging er in sein Zimmer, schaltete sein All-View auf Unterhaltung und las in einer kommentierten Ausgabe der Odyssee, die er sehr liebte, Jonathan Franzen, dessen Bücher er schätzte, und Krystyna Szyslak, die Entdeckung des Jahrhunderts aus Polen und jüngste Nobelpreisgewinnerin aller Zeiten, die er nicht ausstehen konnte. Abends rief er den Big Screen auf, der mit dem Slogan »Ein Erlebnis wie im Kino« angepriesen wurde, obwohl sich kaum jemand erinnern konnte, wie sich ein Kinoerlebnis anfühlte, und sah Theateraufführungen, Spielfilme, Serien, Vorträge und Diskussionspanels. Und er war überrascht: Es gab eine Welt, es gab Themen, es gab Menschen. Milliarden über Milliarden. So ergründete er den Niedergang des Kapitalismus, das Mittelalter, das Königtum, die Regime kleiner Diktatoren, die durch den Reichtum und den Einfluss ihrer Familien an die Macht gelangt waren, und dachte: Wie grausam das alles ist! Aber letztendlich war jedes System grausam. Und auch was Post-Cap betraf, hatte er Zweifel, jedoch auch Hoffnung. Jede Herrschaftsform bringt Eigenschaften des Menschen zum Vorschein, die unabänderlich sind, und da der Mensch aus vielen Elementen besteht, gibt es auch vielerlei Herrschaftsformen. An jede musste man sich zunächst gewöhnen.

Im Schwimmbad lernte er eine verwitwete Frau kennen. Sie war zweiundfünfzig Jahre alt und besuchte ihn ein- bis zweimal in der Woche auf seinem Zimmer. Sie hatte sich Grenzen gesetzt: Grenzen für ihre Arbeit, für Intimität und Beziehungen, Grenzen für Ausgaben und Essen, für die Jagd und die Produktivität. Der Mensch sei ein wildes Tier, dem Fesseln angelegt werden müssten, behauptete sie. In den liberalen Zeiten sei alles aus dem Lot geraten und habe die Welt an den Rand des Ruins gebracht, und nur dadurch, dass heute mehr Einschränkungen gälten, sei die Welt vielleicht nicht gerettet, doch es sei gelungen, ihren Absturz zu bremsen. Ob die Langeweile, die Frustration und der Neid das wert waren, wusste Ami nicht, doch der Gedanke beschäftigte ihn. Die Wochen vergingen, und er ließ sich einen Bart wachsen und entfernte ihn erst, als seine neue Bekannte dies wünschte. Nach einiger Zeit trennten sie sich, und er ließ ihn von neuem sprießen, bis er sie eines Tages wieder im Schwimmbad traf und um ein Date bat. Bei den wöchentlichen Treffen, die nun folgten, schauten sie via Meta Unbekannten beim Sex zu und hatten dabei selber Sex. Ihre durch klare Grenzen definierte Zweisamkeit forderte Ami heraus und begeisterte ihn. Eines Tages fragte ihn die Witwe, ob er sich Kinder wünsche. Er sah sie verdutzt an.

»Wer will heute noch Kinder kriegen?«

»Manche Menschen wünschen sich das.«

»Ich weiß, dass es Menschen mit Kinderwunsch gibt, aber nur in Gegenden, wo viele Fromme leben. Nicht an Orten wie diesem.«

»Du wirst dich wundern«, wandte seine Freundin ein, »ich habe hier von achtzehnjährigen Mädchen gehört, die beschlossen haben, es zu tun. Offenbar ist das jetzt Mode. Auch junge Männer tun es – extrauterine Schwangerschaften in künstlichem Gewebe. Unsere Premierministerin, Agam Abargil, hat angekündigt, großzügige finanzielle Unterstützungen zur Verfügung zu stellen. Der staatliche Haushalt weist einen Überschuss auf, und die Menschen sollen zum Kinderbekommen ermutigt werden, weil das Alter der Gesamtbevölkerung rapide steigt. So will man die familiären Strukturen erweitern und die Vielfalt der genetischen Mischung erhöhen – nicht allein durch konventionelle Paarungen zwischen Menschen, die sich lieben, sondern auch durch die Schaffung neuartiger Zusammenhänge.«

Ami brach in Gelächter aus.

»Mögen sie Freude daran haben!«

Er bemerkte ihren Blick, doch er blieb standhaft.

Von diesem Tag an ließ er wieder seinen Bart wachsen. Wochen später schrieb sie ihm, sie habe beschlossen, eine Schwangerschaft mithilfe des eingefrorenen Spermas ihres toten Ehemannes und einer eingefrorenen Eizelle ihrer selbst einzuleiten. Jahrelang habe sie gewartet und sich geweigert, doch habe Ami etwas in ihr geweckt. Vielleicht sei der Sex mit ihm ein Katalysator gewesen. Sie habe begriffen, dass sie Liebe brauche und dass sie diese Liebe in einem Kind finden werde.

Der universelle Basislohn wurde ihm regelmäßig überwiesen, und Ami kam gut damit zurecht. Er bemerkte jedoch, dass der monatliche Betrag geringfügig stieg, und als er bei den Behörden anrief, um den Sachverhalt zu klären, wurde ihm mitgeteilt, dies habe damit zu tun, dass er nicht mehr im Vorstand und kein Anteilseigner von Jabni el Dschuba sei. Er hob die Augenbrauen, doch an jenem Morgen im Schwimmbad hatte er gewusst, dass Widerspruch sinnlos war. Er war hier und lebte sein Leben, und er besaß genug, um sich viele Bequemlichkeiten zu gönnen – er brauchte den Lärm der Welt nicht, und schon gar nicht die Firma. Er brauchte weder Anteile noch Kapital und gewiss nicht mehr als den Betrag, der regelmäßig auf sein Konto floss. So blieb er sauber. Natürlich gab es andere, ebenso wohlbegründete Wege, das Leben zu leben. Er dachte an Odelia und begann zu weinen. Vielleicht wäre der Weg an ihrer Seite der richtige gewesen, und er hatte es versäumt, ihn zu gehen. Auch nach seinem Vater sehnte er sich, dem es schlecht ging, weil er nicht bei ihm war. Wofür lebt man, fragte er verzweifelt. Welchen Sinn hat das alles? Gibt es wirklich einen Grund, am Leben festzuhalten?

Tage und Wochen vergingen, und seine Unruhe wuchs. Er hätte nicht so schnell die Hände heben und nachgeben dürfen, sagte er sich, er hätte auf einer gerechten Lösung bestehen sollen. Man hätte verhindern müssen, dass sein verkommener Onkel und dessen Speichellecker den Sieg davontrugen und sich nahmen, was ihnen nicht zustand. Ein solches Ende hatte sein Vater nicht verdient. Und auch er nicht. Er rief in der Kanzlei an, doch Rosenberg und Goldstein ließen sich verleugnen. Er rief erneut an. Schließlich erschien Rosenberg auf Amis All-View.

»Comrade«, sagte er und lächelte.

»Erklär mir bitte, was los ist«, sagte Ami.

Aber es gab nichts zu erklären. Da Ami bei den Direktoriumssitzungen fehlte, nicht Bescheid gab und keinen Kontakt aufnahm, war mit der Mehrheit der Stimmen beschlossen worden, ihn seines Postens zu entheben. Daher war auch der staatliche Basislohn gestiegen. »Und was ist mit meinen Anteilen?«, fragte er.

»Ami, du weißt, dass sich die Dinge geändert haben. Niemand hat auf ewig ein Recht, Eigentümer einer Firma zu sein. Die Anteile, die man besitzen darf, wurden vom Staat drastisch beschnitten und sollen weiter gesenkt werden. Sofern du kein Direktoriumsmitglied bist und dich nicht an der Geschäftsleitung beteiligst, liegt die zulässige Höchstgrenze äußerst niedrig. Ich könnte mir vorstellen, dass du sie bereits erreicht hast. Warte ...«, sagte Rosenberg und schaltete die Kamera aus; statt in das Gesicht seines Freundes blickte Ami in ein Aquarium mit bunten Fischen. »Ja, so ist es«, meldete sich Rosenberg zurück, »du liegst am Limit von 0,8 Prozent. So will es das Gesetz, Mann.«

Der Schuft bemühte sich nicht, seine Freude zu verbergen. Zum Abschied sagte er: »Goldstein lässt dich grüßen«, und die Verbindung brach ab.

Ami versuchte, Ruhe zu bewahren und die Fakten zu ordnen. Das Leben war eine lange Reise. Dinge kamen und gingen, und sein Weg war noch nicht zu Ende und hielt Überraschungen und Wendungen bereit. Manchmal waren sie nach seinem Geschmack, manchmal nicht. Und in beiden Fällen war das, was man zu sehen glaubte, nicht zwangsläufig das, was morgen noch sein würde. Er brauchte Zeit, um Atem zu holen. An diesem Abend kam seine Bekannte, und er fand Trost in ihren Armen. Am folgenden Tag rief er Herzi an, um ihn zu fragen, wie es ihm ging und was er über die Veränderungen in der Firma dachte.

»Ich wollte dich soeben anrufen«, sagte sein bester Freund. »Hast du es schon gehört?«

»Was soll ich gehört haben?«

Nach ihrem Gespräch, das nur aus wenigen Sätzen bestand, ging Ami ins Schwimmbad, schwamm zweimal die gewohnte Strecke, duschte lange und kleidete sich sorgfältig an. Dann flog er mit einem Shuttle zum Bahnhof.

»Es ist am Hang des Karmelbergs in Haifa«, hatte ihm Herzi erklärt, »direkt über dem Meer.«

In weniger als zwei Stunden war Ami dort. Doch er traf nur den Totengräber an, der den weichen Boden aushob. Die Aussicht war wunderbar, zu seinen Füßen glitzerte das Mittelmeer. Herzi hatte gesagt, ihr Zustand habe sich stetig verschlechtert, und Ami rief ihre letzten Nachrichten auf, um einen Hinweis zu suchen, aber er fand nichts. Sie sei in Dimona und Haifa umhergezogen, sagte Herzi, und sie habe den Leuten erzählt, dass Ami ihr die Heirat versprochen habe. Im Prinzip stimmte das, doch waren seither mehr als zehn Jahre vergangen. Herzi sagte, sie sei auch zu Greta gegangen und habe ihr Lieder vorgesungen, und sie habe auf dem Spielplatz am Scheideberg gesessen und geweint – über ihren Vater und Ami. Eines Tages streifte sie durch die Straßen der Stadt und verteilte Veilchen. Auch Greta schenkte sie eines, ebenso Amram und Leila. Und einmal besuchte sie mit ihrem Bruder El-Or, dem Lehrer für fernöstliche Praktiken, Amis Onkel Dekel. Auch ihm reichte sie eine Blume, woraufhin El-Or sie ausschimpfte und ihn beschuldigte. Dekel wies ihn zurück und sagte brüsk: »Was willst du von mir?«

»Du hast Ami geschickt, um zu spionieren und deine dunklen Pläne auszuführen.«

»Hör zu, El-Or«, entgegnete Dekel seelenruhig. »Denk nach und beantworte dir eine einfache Frage: Habe ich deinen Vater versucht umzubringen?«

»Aber warum Veilchen?«, fragte Ami Herzi, um auf Odelia zurückzukommen.

»Wer weiß das schon?«, sagte Herzi.

Der Totengräber war gutgelaunt. Er summte bei seiner Arbeit ein altes Lied. Da außer ihm niemand auf dem Friedhof war, sprach ihn Ami an.

»Entschuldigen Sie, für wen ist das Grab?«

»Ich glaube, für eine Frau. Die Leute behaupten, ein Verrückter habe sie um den Verstand gebracht.«

Ami trat näher.

»Seit wie vielen Jahren sind Sie schon Totengräber?«

»Wollen Sie das wirklich wissen?«, entgegnete der Mann und arbeitete weiter.

Als Ami einen Knochen sah, den der Mann mit der Schaufel an den Rand der Grube legte, versuchte er es erneut: »Wie lange dauert es, bis ein Leichnam verwest ist?«

»Acht bis neun Jahre«, sagte der Totengräber und hob einen Schädel ans Tageslicht. »Den habe ich vor dreiundzwanzig Jahren hier vergraben. Wissen Sie, wer das ist?«

»Lassen Sie mal sehen, vielleicht erkenne ich ihn«, scherzte Ami.

Der Mann lachte. »Er war Komiker, ein großer Leinwandstar. Er hieß Jurik.«

»Jurik? Im Ernst? Ich erinnere mich. Ich habe ihn einmal auf der Bühne gesehen.«

»Auf der Bühne? Da sind Sie der Einzige, mein Freund.«

»Armer Jurik«, sagte Ami und betrachtete den Schädel. »Er war wunderbar, bei ihm musste man pausenlos lachen! Er ist einmal bei uns zu Hause gewesen, weil mein Vater ein Haus für ihn baute und sie sich angefreundet hatten. Ich war damals ungefähr zwölf.« Er schaute den Totenkopf an und berührte ihn. »Wo bist du jetzt, Jurik? Und wo sind deine Scherze?«

Der Totengräber lächelte verschmitzt. Er summte vor sich hin und grub weiter, und Ami sagte zu dem Totenkopf: »Mach die Frau glücklich, die an deiner Seite liegen wird. Sing ihr Lieder und erzähl ihr lustige Geschichten.«

Von fern hörte er das Knirschen von Schritten und leisen Gesang. Der Trauerzug nahte. Unter den schwarz gekleideten Menschen erkannte er seine Mutter Greta und seinen Onkel Dekel, der sich durch seinen Wuchs von den anderen abhob. An der Spitze des Zuges trugen vier Männer die Bahre, über die ein weißes Tuch ausgebreitet lag. Vor der leeren Grube hielten sie inne, der Totengräber kroch heraus und machte eine Handbewegung, die ihnen bedeutete, dass das Grab fertig war. Jemand scherte aus den hinteren Reihen des Trauerzuges aus und kniete an der Bahre nieder. Seine Schultern zitterten. Er zog das Tuch zur Seite, und Ami sah Odelias Leichnam. Der Trauernde war El-Or, ihr Bruder. Obwohl all dies nicht überraschend geschah, weiteten sich Amis Pupillen und blickten entsetzt auf das Unfassbare.

El-Or flüsterte Abschiedsworte, dann erhob er sich und schaute sich mit schmerzverzerrter Miene um. Sein Blick fiel auf Ami, der in sicherer Entfernung stand. El-Or hastete auf ihn zu, sein langes Haar wehte im Wind. Wenige Zentimeter vor ihm blieb er stehen und sah ihn an. Ami hielt seinem Blick stand, ohne mit der Wimper zu zucken. Alle schauten von der Totenbahre zu den beiden Männern, die zum Kampf bereit schienen.

»Du verkommenes Subjekt, hast mir beide geraubt, meinen Vater und meine Schwester«, schrie El-Or. »Wie kannst du es wagen, dein hässliches Gesicht hier zu zeigen? Soll dich der Teufel holen!«

Seine Hände griffen nach Amis Kehle, doch Ami rührte sich nicht.

»Ja, drück nur zu, als wäre ich der Schuldige«, krächzte er. »Ich habe nichts getan. Sie ist ein Opfer der verfluchten Zeit.«

Aber El-Or akzeptierte seine Erklärung nicht.

»Nein, sie ist ein Opfer von dir!«, brüllte er und umklammerte mit aller Kraft seine Kehle. Ami hielt still und ließ es geschehen, bis einige Anwesende herbeieilten und ihn befreiten.

»Ich habe Odelia geliebt«, sagte er unter Tränen,

»mehr als vierzigtausend Brüder. Und was hast du für sie getan, El-Or? Du hast keine Ahnung von Odelia und mir. Unsere Liebe war größer als alles auf der Welt.« Und seine Hand zeigte auf die Trauergemeinde, den Berg und das ganze Meer.

Greta eilte zu ihrem Sohn und umarmte ihn wie vor einigen Monaten in ihrem Wohnzimmer in Dimona. Allmählich beruhigten sich die Gemüter, und Ami trat an die Totenbahre und schluchzte. Plötzlich spürte er eine wärmende Hand in seinem Nacken. Es war Herzi, der ihn langsam vom Friedhof hinausführte.

Er kehrte in den Norden zurück. Er saß draußen unter dem Vordach seines Balkons und blickte auf den wolkenverhangenen Berg. Er liebte diese düsteren, regnerischen Tage und die Kälte, die in seine Knochen kroch. Er war sogar bereit, den altertümlichen Charme der Prä-Jabni-Architektur anzuerkennen, die sich der Witterung nicht verschloss und es zuließ, dass der eisige Wind durch die Ritzen drang und ihn zwang, sich in einer Hightech-Decke vom Typ Nr. 8 zu vergraben. Selbst an der Peripherie kam man in den Genuss der Segnungen der neuen Zeit! Er fragte sich, wie sie wohl hergebracht wurden – mit Flugshuttles, den modernen Boten? Er hatte einmal gehört, dass der Beruf des Botschafters der älteste der Welt sei, und verstand, dass solche Dienste zu allen Zeiten benötigt wurden. Es schien ihm gut, dass die Regierung Vermittler- und Botschaftertätigkeiten als Option für

die Sozialstunden in verschiedenen Altersgruppen festgelegt hatte. Letztendlich war es keine schwere Arbeit,
auch Odelia hatte sich als Vermittlerin betätigt. Ami
versuchte, ihren Bruder und den kindischen Konflikt
mit ihm aus seinem Gedächtnis zu verdrängen, denn er
wollte sich so an Odelia erinnern, wie sie gewesen war,
wie sie ihn liebte und wie er sie geliebt hatte. Er konnte
es nicht fassen, wie zerbrechlich und blass ihr Gesicht
auf der Totenbahre wirkte. Sie war ein gutes Mädchen,
doch sie konnten einander nicht glücklich machen. Hatte
ihr Vater ihre Liebe zerstört? Oder war es zu bequem,
jemand Drittem die Schuld zuzuschieben, während in
Wirklichkeit er und sie selbst für ihr Scheitern verant-
wortlich waren? Ami war kein Mann, der kämpfte. Er
löste das Problem, indem er weit wegzog und versuchte,
die Geschichte hinter sich zu lassen. Aber er und Odelia
liebten einander so sehr, es war zu grausam gewesen, die
Verbindung abzubrechen. Zu grausam, Odelia zu igno-
rieren, wenn er in Dimona war. Woher kam sein Groll?
Er wusste es nicht.

Jenseits ihrer Liebesgeschichte, die in einer bestimmten Phase schön war, aber im Gesamtbild an Bedeutung verlor und als gescheitert angesehen werden
musste, glaubte Ami wirklich, dass Odelia ein Opfer der
freien Zeit war. In allen früheren Epochen hatte sich
der Mensch gezwungenermaßen beschäftigt. Sicherlich
herrschten zuweilen schreckliche Zustände, Ungerech-
tigkeit und vielerlei Erschwernisse, doch alles in allem

hatte sich der Mensch so entwickelt – aus dem Zwang zu überleben, zu arbeiten, zu schaffen. Das Zeitalter des Nichtstuns, das, wie Ami fand, »in aufrichtiger Einfalt« als das erste Zeitalter angepriesen wurde, in dem der Mensch keinen Zwängen mehr unterlag und fast alles freiwillig und nicht aus Verpflichtung tat, hatte sich als nicht weniger grausam erwiesen als die vorherigen. Doch Ami wollte nicht, dass seine Gedanken zu den Krankheiten des Systems drifteten, sondern sich auf das herzensgute Mädchen konzentrierten, das Odelia Polanski gewesen war. Sie war wirklich rein, und all das Schwere und all den Schmerz hatte sie nicht verdient.

Ami saß im nördlichen Regen, und sein Ohrclip lag abgeschaltet auf dem kleinen Tisch neben ihm. Er wollte von nichts und niemandem hören, weder Lob noch Beschimpfung. Er saß da, bis es dunkel wurde, bis die Nacht hereinbrach und die Witwe erschien, die ihn anlächelte und ihm die Hand reichte und die er festhielt und zum Bett in seinem Zimmer führte, ohne dass sie etwas sagten.

So verbrachte er mehrere Tage. Er hatte sich eine Trauerwoche auferlegt, doch im Gegensatz zur traditionellen Trauerwoche gab es darin keinen Trost, der in Gemeinschaft gründete, in der Anteilnahme und im Teilen des Schmerzes, in der Ablenkung der Energien hin zur Bewirtung der trauernden Gäste, zu Geschäftigkeit und Gesprächen. In seinem Fall war es eine einsame Trauer, die nur zweimal von den Besuchen der Witwe unterbrochen wurde, die kurz und zielgerichtet waren. Doch seine Gedanken kreisten nicht allein um Odelia. Er dachte auch an seinen Vater, dem keine Trauerwoche zugedacht war, obwohl ihn Ami in Wahrheit bereits verloren hatte. Sein Schmerz war furchtbar und mischte sich mit der unendlichen Wut über die Art und Weise, wie es zu alledem gekommen war, und über die Menschen, die daran Schuld trugen, diese Menschen, die, statt seine Nächsten zu sein, von der Gier nach Macht und Geld um den Verstand gebracht wurden.

Aus dieser Wut stiegen allmählich, in winterlicher Trägheit, andere Gedanken auf. Wie stand es um seine Wohnung? Der fünfundvierzigste Geburtstag nahte, und in seinem Postfach war bereits ein Reminder gelandet, der ihn erinnern sollte, dass seine Ansprüche auf Unterstützung in Kürze erloschen. Er war verpflichtet, in eine feste Wohnung zu ziehen, die sein Eigentum war, aber Ami hatte nie gewusst, was er wollte, wenn er eines Tages »erwachsen« sein würde. Wo wollte er leben und seinen Mittelpunkt finden? Sein Vater hatte immer versichert, dass es am Ende eine Lösung gäbe, eine Wohnung in seiner Nähe in einem Hochhaus am Scheideberg – und Ami hatte daran geglaubt. Doch plötzlich gab es keinen Vater und kein Geld mehr, und er wusste nicht, wo er wohnen und wie er es finanzieren sollte. Herzi wohnte in Tel Aviv und ermunterte Ami, zu ihm zu kommen, aber die Stadt interessierte ihn nicht, und die Wohnungen dort waren klein und teuer. In Dimona hingegen gab es Möglichkeiten, aber dort lebten Menschen, die Böses im Schilde führten und die er nicht jeden Tag um sich haben wollte. Im Norden war es angenehm und billig, aber sollte er sich wirklich an einem solchen Ort niederlassen? War es das, was er sich für den Rest seines Lebens wünschte? Dass es »angenehm« war? Eine einfache Wohnung in einem Gebäude aus alten Betonblöcken, das von den Bergen fast in den Himmel ragte, mit einem ins Kraut geschossenen Rasen im Hof, einem von Plastikplanen überdachten Bassin und einem Frühstückssaal? Es setzte ihn unter Druck, nicht zu wissen, was sein Ziel war, und nicht zehn Jahre vorausschauen zu können. Herzi versuchte, ihn zu beruhigen, dies sei nicht das Ende des Liedes, man könne immer noch etwas ändern, Wohnungen verkaufen und kaufen. Doch Ami hatte das Gefühl, dass die Zeit reif war, eine Entscheidung im Leben zu treffen, die er nicht bereits nach einem Jahr bereute.

Pünktlich wie eine Uhr fühlte er am Ende der Woche, dass die Trauer nachließ und an ihrer Stelle nur noch Zorn war, der den leeren Raum füllte. Der Zorn, dass sein Vater, der einzige Mensch, der ihn stützen und ihm eine Richtung weisen konnte, nicht mehr da war. Der Zorn auf die Menschen, die ihn von seinem Weg abbrachten, ohne dass es einen Sinn ergab. Strebten sie nach Macht, nach Kontrolle? Die Menge des Geldes, das sie verdienen konnten, war begrenzt, und der Besitz von Land und Gütern unterlag noch strengeren Regeln.

Und selbst jene, denen es gelang, heimlich eine Zweitwohnung zu besitzen – was hatten sie davon? Sie schienen ihm lächerlich. Dekel und seine Mutter, Rosenberg, Goldstein und El-Or, der jahrelang in der Ferne lebte und plötzlich zurückkam und sich für das Schicksal seiner Schwester interessierte. Sie waren Mistkerle und Verbrecher!

Ami verstand, wohin all diese Gedanken führten. Er wollte zurückkehren und die Dinge korrigieren. Er wollte Gerechtigkeit.

Nach einem weiteren Besuch der Witwe, der seinen Körper befriedigte, doch einen faden Beigeschmack hinterließ und seine Sehnsucht nach Odelia nur größer machte, war ihm klar, dass all dies keinen Reiz mehr hatte. Etwas fehlte, und das war nicht nur Odelia, seine verlorene Geliebte. Er fühlte ein Kribbeln in seinen Fingerspitzen, ein Verlangen nach Jabni el Dschuba, nach dem Zement. Auf ganz konkrete Weise verspürte er eine Lust, das Material zu berühren, es zu formen und zu verfestigen, zu sehen, wie es im Lastenshuttle herbeigeflogen wurde, damit er bauen konnte und ein Haus entstand, das Menschen brauchten. Der Schuster geht barfuß – diese Worte hatte sein Vater zu ihm gesagt, als er ein Junge war. Jetzt verstand er, was sie bedeuteten.

Herzi sandte ihm Aufnahmen aus Gretas und Dekels Haus.

Dekel und El-Or Polanski unterhielten sich. Mit hastigen Bewegungen erklärte El-Or, dass man es Ami heimzahlen müsse. Dass sichergestellt werden müsse, dass er keinen Schaden anrichte. »Der Schweinehund hockt irgendwo im Norden und heckt etwas aus, das garantiere ich dir. Du weißt es selbst, du kennst diese Schlange.«

»Und was soll ich deiner Meinung nach unternehmen?«, fragte Dekel. »Ich bin kein König, der Todesurteile verhängen kann. Ich kann auch niemanden einsperren. Wir haben getan, was wir konnten, haben ihn hinausgeworfen und vertrieben, und er hat aufgegeben und gehört nicht mehr zu uns.«

»Aber du weißt«, sagte El-Or bei einer anderen Gelegenheit, »solange er atmet, wird er zurückkehren wollen und für sich und seinen Vater Ansprüche erheben. Er hat Kunden und Freunde in der ganzen Welt, vor allem in der Golfregion. Sie haben seinen Vater in bester Erinnerung, und das wird er ausnutzen.«

Dekel schwieg. Er überlegte und rauchte. Der von Hass und Rache getriebene junge Mann schien ihm aus dem Herzen zu sprechen, doch er sagte: »Ich habe getan, was ich konnte, El-Or. Ami ist nicht gefährlich.« Aber der Junge gab nicht auf, und Dekel hörte ihm angespannt zu.

In einer anderen Aufzeichnung sprach Dekel mit Greta. Fragte sie, ob sie Kontakt zu ihrem Sohn habe. »Manchmal«, sagte sie, »aber viel zu selten. Ich mache mir Sorgen um ihn. Ich glaube nicht, dass es ihm gutgeht. Ich weiß nicht, was er vorhat, doch ich wünschte, er käme bald zurück. Er wird demnächst fünfundvierzig und sollte aufhören, Spiele zu spielen, und stattdessen bei seiner Familie sein. Amram hatte ihm eine Wohnung am Scheideberg versprochen, und ich will, dass er sie bekommt.«

»Ich weiß nicht, von welcher Wohnung du sprichst«, entgegnete Dekel. »Momentan ist nichts frei. Ami ist ein Quälgeist, und ich befürchte, dass er uns schaden kann.«

»Er ist mein Sohn, Dekel, du darfst ihm nichts antun«, sagte Greta. »Er ist weit weg und kann keinen Schaden anrichten.« Und wieder hörte Dekel zu, rauchte und dachte nach.

»Lass uns ihn herlocken«, sagte El-Or zu Dekel an einem anderen Tag – und während Ami alle Aufzeichnungen der Reihe nach anschaute, entstand vor seinen Augen eine Handlung wie in einem Kriminalroman.

»Ich weiß, wie ich ihn herholen kann«, sagte Dekel, »er braucht eine Wohnung. Amram hat ihm etwas am Scheideberg versprochen, und ich glaube, er macht sich Sorgen, weil er kein Zuhause hat und kein Geld. Ich kann ihm eine Lösung vorschlagen und ihm eine Wohnung hier in der Stadt, nahe der Familie, geben.«

»For sure«, rief El-Or begeistert.

»Aber was willst du tun, wenn er hier ist?«, fragte Dekel.

»Wir werden es ihm zeigen, ihn in Angst und Schrecken versetzen, ihn endgültig aus dem Feld schlagen, sodass er sich nie wieder blicken lässt.«

»Aber seine Mutter lebt hier. Sie schützt ihn, und ich kann mich nicht gegen sie stellen.«

»Du willst dasselbe wie ich, Dekel. Er muss fallen, das wissen wir beide.«

»Du hast recht«, sagte Dekel, »Rache lässt sich nicht zähmen. Aber jetzt habe ich dich, und du kannst den Job übernehmen. Also, was schlägst du vor?«

An diesem Tag fanden sie keine Antwort, aber in der folgenden Aufnahme, die Herzi schickte, spannen sie ihren Komplott weiter. Ami lauschte und wiegte seinen Kopf. Er staunte über Herzi und schrieb ihm, dass er ein Genie sei, weil er aus dem gesammelten Material alle wichtigen Szenen herausgefiltert hatte.

»Lock ihn her und versprich ihm Versöhnung«, sagte El-Or, »so kommt er freiwillig, und seine Mutter freut sich. Sie will sich mit ihm versöhnen, nicht wahr?«

»Ja, das stimmt«, sagte Dekel, doch Ami bemerkte seinen skeptischen Blick. Zögerte er? Oder war es in seinem Sinne, dass El-Or die Dinge vorantrieb? Ami wusste, dass Dekel seiner überdrüssig war. Dass er ihn fürchtete. Aber warum glauben alle, ich käme zurück, nur um mich zu versöhnen? Natürlich würde er es vorziehen, in Frieden zu leben und nicht im Krieg – aber ohne Gegenleistung? Und als könne El-Or seine Gedanken lesen, sagte er: »Du musst ihm ein Angebot machen, das sich für ihn lohnt.«

»Was könnte das sein?«, fragte Dekel.

»Ich glaube, dass er wieder mit Jabni arbeiten und Häuser bauen will, denn das liebt er wirklich.« Ami nickte und dachte: Der Junge kennt dich gut! »Oder versprich ihm eine Führungsposition und mehr Anteile.«

»Ich soll seine Anteile erhöhen?«

»Du kannst es ihm anbieten, aber du musst dein Versprechen nicht halten.«

»Das klingt gut, junger Mann.«

»Klar«, sagte El-Or und lachte.

Danach endete die Aufzeichnung, und Ami schrieb an Herzi: »Danke, weiser Mann!«

Ami legte den Ohrclip ab, verließ sein Zimmer und ging über die Wege, die zu einem alten Kibbuz gehörten, zum Schwimmbecken. Im Winter war das Wasser nicht warm genug, und im Freien war es kalt. Trotzdem zog sich Ami bis auf den Slip aus und setzte die Schwimmbrille auf. Im Wasser sah er eine Gestalt, die gleichmäßig ihre Bahnen zog. Es war seine Freundin, die Witwe. Als sie am anderen Ende des Beckens ankam, sprang er hinein. Und so bewegten sie sich durch das Wasser, trafen sich in der Mitte, schwammen aneinander vorbei ohne ein Wort oder ein Zeichen des Erkennens. Am Beckenrand hielten sie inne, holten Atem und setzten zu weiteren Bahnen an. Irgendwann bemerkte Ami, dass sie nicht mehr da war. Er schwamm weiter, und sein Kopf dachte im Rhythmus der Armbewegungen, ohne Ohrclip und ohne All-View, ohne Eilmeldungen oder andere Störungen. Dekel würde ihn bald nach Dimona einladen und eine Versöhnung vorschlagen. Und wenn er dort ankäme, würde El-Or im Namen des Onkels das Attentat verüben. Würde Ami deshalb die Einladung ablehnen?

Oder trieben ihn die Sehnsucht und der Zorn in seine Heimatstadt, damit er versuchte, für sich und seinen Vater ein wenig von dem, was ihnen zustand, zurückzuerobern – Geld, Macht, Ansehen? Doch fehlte ihm all dies wirklich?

Da durch Post-Cap und den allgemeinen Wandel das Geld an Bedeutung verlor, hätte man auch von einem Wandel in Funktion und Charakter des menschlichen Wesens ausgehen können, der sich nun auf das Wichtige konzentrieren konnte. Doch was war wichtig? Was trieb die Räder der Geschichte an? Die Liebe? Ami war auf diesem Gebiet doppelt gescheitert. Sowohl mit Odelia als auch mit der Witwe. Ist Liebe nicht einfach das, was sie ist? Ein von Zeit und Ort abhängiges, glückliches Zusammentreffen, eine zufällige Verbindung, die manchmal funktioniert und manchmal nicht? Es hieß, wenn der Mensch nicht mit existenziellen Problemen belastet wäre, wenn er weniger Zeit seiner Arbeit und weniger Energien und Gedanken dem Streben nach Besitz opfern müsste, wäre mehr Raum für Glück und Liebe, für die charakterliche Entfaltung, für die Kunst – und das wäre vernünftig und gut. Aber war es wirklich so? Vielleicht, Ami konnte nicht mit Sicherheit das Gegenteil behaupten. Es waren auch schöne Dinge entstanden. Aber was taten die Menschen jetzt? Wonach strebten sie? Er schwamm noch einige Bahnen, fand jedoch keine Antwort. Er versuchte, seinen Kopf von allen Gedanken zu leeren, und als er innehielt und aus dem Becken stieg, stand sein Entschluss fest: Ich will zurückkehren, und ich werde zurückkehren! Ich will trotz allem versuchen, mir und meinem Vater zu holen, was uns gehört, und es ist mir egal, was andere darüber denken. Die bösen Geister haben nicht das Recht, uns alles zu nehmen.

Durch einen Anruf ihres Sekretärs forderten ihn Rosenberg und Goldstein auf, in die Kanzlei zu kommen. Die Firma würde ihm einen Wagen schicken, den Tesla Solar, der für besondere Gäste reserviert war, die aus der Golfregion, Deutschland oder Kanada anreisten, um die Fabriken und die Hauptverwaltung zu sehen. »Nein, danke«, sagte Ami. Allein die Idee widerte ihn an. Die Anbiederung, die versteckte Erwartung. »Sagen Sie mir, wann und worum es geht. Ich werde sehen, ob ich Zeit habe, und wenn ich komme, komme ich allein.«

»Hola, Comrade«, schaltete sich Goldstein in das Gespräch ein. »Der Direktor ruft dich, und ich sage dir offen und ehrlich: Er spielt kein Spiel mit dir und gibt auch nicht vor, dich zu lieben, als wärt ihr zwei Turteltäubchen. Aber er setzt auf dich. Es hat sich gezeigt, dass die Leute Amram vermissen, und einige fragten nach dir. Daher glaubt Dekel, dass der Sohn, der Amram nahestand, das Image festigen kann, das die Firma jetzt braucht, um ihre Kunden zu halten. Glaub mir, er weiß, dass du ihn nicht magst, aber er schätzt dich und will, dass du deinen Beitrag leistest. Vielleicht gibt er dir einen Posten in Zone 2, falls du an den Golf zurückkehren willst, oder hier in Dimona. Er hat nicht vergessen, dass ...«

»Wann und wo?«, unterbrach ihn Ami.

»In der Kanzlei, Anfang nächster Woche.«

Ami überlegte. Wenn ihm Herzi nicht die Aufnahmen geschickt hätte und er nicht wüsste, was sich hinter Goldsteins Worten verbarg – hätte er sich überreden lassen? Wäre er so naiv zu glauben, dass etwas Wahres dahintersteckte? Dass Dekel ihn schätzte und wollte, dass er den Weg seines Vaters fortsetzte? Um Kunden zu binden, die erkannten, dass Dekel die Standards seines Bruders nicht halten konnte? Gewiss wäre er weniger zögerlich gewesen. Und letztendlich war es auch ein kluger Zug seines Onkels, zuzugeben, dass er nicht aus Zuneigung handelte, sondern weil er keine Wahl hatte. Ami fragte sich, wer sich diesen Plan ausgedacht hatte. Sicher steckten die beiden Anwälte dahinter.

Einige Tage später traf er in Tel Aviv ein. In einem Shuttle flog er vom Bahnhof geradewegs zur Kanzlei. Diesmal benötigte er nicht den Schutz seiner Mutter, die immer versuchte, alle Wogen zu glätten. In der Kanzlei traf er einen praktisch denkenden Mann, einen Geschäftsmann, dessen einziger Fehler es war, sich an die alte Welt zu klammern, weil ihm die neue zu viel Angst einflößte. Und während er mit ihm sprach, verstand er, dass sein Onkel zu jenem Segment der Bevölkerung gehörte, das von Post-Cap am heftigsten getroffen wurde. Er verlor nicht nur Kapital und Besitz, Geschäfte und

Arbeit und den alten Glauben, dass diese Dinge einen Wert darstellten – er war also nicht nur ein alternder Millennial aus einer Welt, die man auf den Kopf gestellt hatte, sondern er war das ewige Opfer. Er ist in einer Kultur des Kampfes aufgewachsen, dessen Ziel das Durchbrechen der gläsernen Decke war, und fasste die Umwälzungen der vergangenen Jahre als Reaktion auf seinen Aufstieg, als Wiederkehr überwunden geglaubter starrer Gesellschaftsstrukturen auf. Er bezog alles auf sich und seine Person. Und jetzt war es an Ami, nicht desgleichen zu tun. Das war es, was sein Vater getan hätte: Er wäre ohne Vorbehalt zu ihm gegangen, um zu prüfen, ob etwas Gutes dabei herauskam – für ihn, seine Familie, die Firma, die Welt.

»Das hört sich interessant an«, sagte er zu Dekel.

»Welchen meiner Vorschläge meinst du?«, fragte sein Onkel verwundert. »Die Repräsentanz in Zone 2 am Golf? Oder in Tel Aviv zu bleiben und dich um die Kunden zu kümmern, die uns besuchen? Als Botschafter von Jabni durch die Welt zu reisen? … Eine Entlohnung im Rahmen des Möglichen soll natürlich kein Hindernis sein.«

Ami hielt inne. Schon lange sollte Geld kein Hindernis sein – für nichts und nirgendwo. Wie jämmerlich, dass Dekel es noch nicht verstanden hatte!

»Zunächst die Wohnung am Scheideberg«, sagte Ami. Dekel und die beiden Anwälte lachten. Ami wusste, dass es Dekel gefiel, wenn er sich seiner Sprache bediente.

Zuerst »den eigenen Arsch retten«, diese Redensart hatte er in ihrem Gespräch mehrmals verwendet.

»Nach unserer Besprechung kannst du mich nach Dimona begleiten und sofort einziehen. Natürlich müssen einige bürokratische Schritte ...«

»Okay«, sagte Ami, »ich nehme die Wohnung und werde demnächst nach Dimona kommen und einziehen ...«

»For sure«, sagte Dekel und lächelte, und Ami beobachtete, wie Goldstein und Rosenberg geschäftig ihre All-Views bedienten und mittels Handbewegungen im leeren Raum Listen erstellten und Formulare ausfüllten.

»... aber gib mir ein wenig Bedenkzeit, was die Rückkehr ins Unternehmen betrifft und die Funktion, die ich übernehmen möchte.«

Später saß er mit Herzi am Strand unterhalb der niedersten Fluglinie der Shuttles. Die meisten dieser Flugobjekte dienten der Beförderung von Lebensmitteln auf der Strecke von Jaffa in den Norden. Andere dienten der polizeilichen Überwachung der See und der Strände, und wieder andere individuellen Zwecken im Auftrag von Menschen, die etwas oder jemanden beobachten oder ausspionieren wollten. Darüber hinaus gab es meteorologische Shuttles, Kommunikationsshuttles, Korki-Net-Shuttles, und Ami liebte es, ihnen allen zuzuschauen und zu versuchen, ihre Logos, Farben und Marken zu bestimmen. Die See war stürmisch, doch schön. Herzi zog sein Hemd aus, und Ami staunte. Obwohl er in dem Dorf im Norden jeden Tag schwamm, war es ihm nicht gelungen, einen ebenso gebräunten, wohlgeformten Körper zu entwickeln. Herzi hatte ihn kurz zuvor mit der Nachricht überrascht, dass er bald heiraten werde. »Aber wer heiratet heute noch?«, hatte Ami gefragt, und Herzi hatte ihm erklärt, dass es beruhigend sei, verheiratet zu sein. Er und seine Partnerin brächten Kinder aus mehreren Beziehungen mit. Herzi hatte zwei Töchter von zwei früheren Frauen, und Madjda hatte drei Söhne, einen aus einer geschiedenen Ehe, einen aus einer Samenspende und den dritten von einem verstorbenen Partner, der seinen Samen einfrieren ließ. Es war kompliziert. Jedes der Kinder hatte seine eigene Herkunftsgeschichte. Jedes wuchs in einer anderen Konstellation auf. Zu unterschiedlichen Zeiten. Und der einzige Weg, »in diesem Chaos Ordnung zu schaffen«, sagte Herzi mit einem hellen Lachen, war es, eine fest gefügte Familie zu gründen – mit einer Urkunde, einem Vater und einer Mutter, die von Amts wegen anerkannt sind, mit den Kindern, die schon geboren waren, und dem Kleinen, das in Madjdas Bauch wuchs und das sechste im Bunde sein würde.

»Aber …«

Ami hob hilflos die Hände und versuchte, das Durcheinander zu verstehen.

»Ich wünsche mir nichts mehr als das – Madjda und die Kinder«, versicherte ihm Herzi, »diese zusammengewürfelte Gemeinschaft ist die perfekte Familie. Jeder ist wie eine einzelne Schneeflocke in einem wunderbaren Bild, jeder mit seiner Nabelschnur, mit seinen Schrammen, mit seinen lebenden und seinen toten Eltern. Wir sind eine Art Waisenhaus, nur gehören alle Kinder uns, und alle freuen sich auf die kleine Schwester.«

Ami war sprachlos. Für ihn klang es wie ein Albtraum, wie ein Leben im absoluten Chaos. Diese künstlich zusammengewürfelten Patchwork-Familien! Natürlich bildeten sie inzwischen die Norm, und es gab kaum eine Familie, die nicht auf diese oder jene Weise zusammengefügt war, und jede neue Art von Verbindung schien fernliegender und unfasslicher als alle vorherigen. Aber für ihn persönlich kam das nicht infrage, daher hatte er auch nie den Schritt mit Odelia gewagt. Wenn er eine Sache nicht bereute, dann dies: Er wurde nie in diese Ecke gedrängt, hatte sich nicht von seinen Gefühlen mitreißen lassen. Andererseits schien Herzi glücklich und am richtigen Platz zu sein. Er war nicht zufällig in dieser Ecke gelandet, sondern eilte mit all seiner Liebe und Kraft voran und empfand seine Lage nicht als beengend, sondern als großen Spielplatz und weiten Strand, an dem er sein Vergnügen fand. Also lächelte Ami und schwieg.

Ein Lastenshuttle landete auf ihrem Tisch, und Herzi zog ein gewärmtes Kichererbsengericht von Abu Hassan in Jaffa aus der Thermobox.

»Etwas bereitet mir Sorge«, sagte Ami schließlich.

»Wirklich?«, sagte Herzi und biss auf einen Zwiebelring. »Hat Dekel nicht getan, was wir erwartet haben? Wir haben gehört, wie sie ihren Komplott schmiedeten, und wussten, dass er dich mit versöhnlichen Worten nach Dimona locken will.«

»Richtig, wir wussten, dass das Treffen dazu dienen würde, mich in meine Heimatstadt zu locken, wo El-Or auf mich wartet, um Rache zu nehmen. Doch scheint mir etwas an Dekels Verhalten verdächtig: seine Großzügigkeit. Er hätte mir keine Rückkehr in die Firma anbieten müssen und keinen attraktiven Posten, schon die Wohnung war ausreichend. Sie wussten, dass ich deswegen unter Druck stand und nicht nein sagen würde. Warum schlug er mir außerdem vor, wieder an Bord zu gehen und Zone 2 zu leiten? Oder als Jabni-Botschafter durch die Welt zu reisen?«

»Um das Bild abzurunden. Um sicherzustellen, dass du sein Angebot annimmst. Dekel kann viel versprechen, aber er muss es nicht halten. Das hat er selbst gesagt.«

»Nein, Herzi«, sagte Ami und nahm einen Löffel von Herzis Kichererbsen. »Ich habe den Verdacht, dass er mich nicht loswerden, sondern binden will. Er will mir gefallen, weil er mich braucht und beabsichtigt, mich zu benutzen.«

Herzi dachte nach.

»Du meinst, du hältst ein Streichholz in der Hand, mit dem du Jabni in Brand stecken könntest? Und deshalb verwöhnt er dich?«

»Ja, das Gefühl habe ich. Sonst verstehe ich seine Großzügigkeit nicht.«

Sie vereinbarten, in den kommenden Tagen Nachforschungen anzustellen. Herzi würde Wibo, Meta und Goodjoo durchforsten, und Ami würde in die Chatgruppen auf Chawruta und Zawta gehen und über Korki-Net versuchen, Bekannte seines Vaters, Kunden, Kollegen, Leute aus der Jabni-Community zu kontaktieren, um herauszufinden, worin Amis geheime Macht bestand.

Ami fuhr für einige Tage in den Norden. Diesmal schwamm er allein in dem großen Becken, die Witwe hatte inzwischen aufgegeben. Er klinkte sich in die sozialen Netzwerke ein und sprach mit Freunden auf der ganzen Welt. Jean-Paul, ein französischer Bauunternehmer, der einst mit ihm zusammengearbeitet hatte, als Jabni el Dschuba in Frankreich eingeführt wurde, lenkte ihn in eine interessante Richtung. Er erwähnte, dass er Firmenanteile besitze, die er als autorisierter Jabni-el-Dschuba-Händler seinerzeit erworben hatte, und dass er wegen Dekel, dem neuen Direktor, beunruhigt sei. Sergio, ein spanischer Kollege, habe eine ähnliche Besorgnis geäußert. Jean-Paul betonte, dass er sich freuen würde, wenn Ami in die Firma zurückkehrte, und lud ihn nach Paris ein. Danach sprach Ami mit Sergio, den er vor vielen Jahren in Dimona getroffen hatte. Auch Sergio besaß Anteile und konnte ihm die Namen weiterer Anteilseigner nennen. Nach den neuen Unternehmensgesetzen hatte jeder Mitarbeiter das Recht, an seiner Firma beteiligt zu werden, und so hatte Amram alle großzügig mit Jabni-Anteilen bedacht. Denn er glaubte, dass es richtig sei, wenn die Menschen, die mit Jabni arbeiteten, damit bauten, es verkauften und darin lebten, zur großen Jabni-Familie gehörten. Sie bildeten ein Netz, das sauber und flexibel wie der Baustoff selbst war, anstatt dass eine einzige Familie über den Konzern herrschte und von den Gewinnen profitierte.

Als Ami nun mit Herzi sprach, fügte sich Stück für Stück in ihr Puzzle. Herzi hatte tief im Unternehmensrecht und den Post-Cap-Bestimmungen des Jahres 2050 gegraben. Zu Recht sprachen die Menschen von großen Veränderungen: die supranationalen Blöcke, die vielen Sprachen, der Frieden, der universelle Basislohn, die Beschränkung des Eigentums, das Recht auf eine eigene Wohnung, die verfluchte Freizeit und all die anderen Charakteristika der neuen Epoche. Doch nur wenige hatten die Geduld oder verspürten die Notwendigkeit, zu Finanzthemen vorzudringen, die die Mehrheit nicht betrafen. Zu diesen Themen gehörte auch das Unternehmensrecht, in das sich Herzi vertiefte. Dabei fand er Spuren von Personen, die sich schon vor ihm auf die Suche begeben hatten. Spuren, die ihn zur Kanzlei der beiden Anwälte, zu Rosenberg und Goldstein führten. Herzis Spezialisten gelang es, die wesentlichen Dokumente aus Bergen von Dateien zu isolieren.

Es war ein Wunder, dass die Welt auf der Grundlage von Milliarden winziger Zeichen funktionierte.

»Erzähl schon, Herzberg!«, sagte Ami, vor Ungeduld fiebernd.

Und Herzi berichtete, was er herausgefunden hatte. Er hatte sich auch mit Anwälten beraten, die seine Annahmen bestätigten. Und als Ami und er nun die Informationen, die sie von Jean-Paul, Sergio und anderen erhielten, mit Zitaten und Posts von Meta und Chawruta zusammenfügten, nahm das Bild eine reale Gestalt an. Ami war nicht leicht zu überzeugen und wollte stets zu tausend Prozent sicher sein, doch Herzi hatte die leeren Ecken des Puzzles gefüllt.

»Wow!«, rief Ami begeistert.

Er stand in seinem neuen Wohnzimmer im dreizehnten Stockwerk des zweiten Hochhauses am Scheideberg und schaute aus dem Fenster. Alle Gebäude des Viertels waren auf Veranlassung Dekel Allaloufs renoviert worden. Er hatte Millionen Digis in die Fundamente, die Wege, die Schwimmbäder investiert und sogar die Klimaanlage auf dem Spielplatz, die seit einer Ewigkeit fehlte, erneuern lassen.

»Wer weiß?«, sagte Greta, Amis Mutter. »Vielleicht schenkst du mir Enkelkinder, und dann gehe ich mit ihnen im Park spazieren wie früher mit dir.«

»Wie die Amerikaner sagen: As long as you breathe there is hope, Mama«, entgegnete Ami.

»Schau dir die Aussicht an«, sagte Dekel.

»Genau das meinte ich, als ich ›wow‹ sagte!«

Die Aussicht war wirklich schön. An klaren Tagen wie diesem konnte man die Hochhäuser der Dreistadt Mutah, El Kerak und Rabbah in Jordanien sehen. Manche Leute behaupteten sogar, man erkenne die Muhammad-Ibn-Ijad-Moschee in El Qatraneh, obwohl Ami das nie recht glauben wollte, da der Ort wirklich weit weg lag. Ami kannte El Qatraneh, er hatte dort einmal einen Vortrag vor Vertretern des heimischen Renovierungsgewerbes gehalten. Er erinnerte sich an eine Stadt voller Fliegen und an schlechtes Essen in einem Gasthof am Highway. Doch aus seiner geräumigen klimatisierten Wohnung schien ihm die Wüste in der Ferne wunderbar. Er fühlte Erleichterung und begriff, wie sehr er in den letzten Monaten unter Druck gestanden hatte. Natürlich hatte das mit dem unveränderten Zustand seines Vaters zu tun, mit der Sehnsucht nach ihm, mit den schmutzigen Tricks seines Onkels und seiner Mutter, der Hinterhältigkeit seiner alten Freunde Rosenberg und Goldstein, dem Tod Odelias und den Rachegelüsten ihres Bruders El-Or. Doch die Wohnungsfrage, die Suche nach einem sicheren Ort, an dem er in Zukunft leben konnte, hatte ihm das Gefühl gegeben, auf einem Drahtseil zu wandeln, das jeden Augenblick reißen konnte. Aber jetzt war er hier, umarmte seine Mutter und schüttelte die Hand seines Onkels. Er war ihnen wirklich dankbar.

»Ich glaube, ich gehe hinunter, um ein Stündchen zu schwimmen«, sagte er.

»Sicher, doch abends kommst du zu uns. Ich habe Mafroum gekocht und gebe ein Festmahl«, sagte seine Mutter.

»Natürlich komme ich! Dein Mafroum ist das beste von ganz Dimona, seit Oma Alisa gestorben ist.«

Mit gleichmäßigen Bewegungen, die sich bald zu einem wilden Kraulen steigerten, legte er im Swimmingpool mehrere Kilometer zurück. Leider befand sich das Becken in einer geschlossenen Halle und nicht im Freien wie in Ras el Chaima, Dubai oder im Norden. Aber das Wasser fühlte sich gut an, die Bahnen waren lang und die Klimatisierung genau auf ihn eingestellt, da er der Einzige war, der derzeit schwimmen wollte. Er dachte an den Plan, den Herzi und er für den Abend entwickelt hatten. Das Codewort lautete: London Bridge is falling down.

Als er in die Wohnung zurückgekehrt war, duschte er heiß, um seine Muskeln zu entspannen. Dann zog er sein Jackett aus leichtem Jerichoer Leinen an und band zum ersten Mal seit seinem Jurastudium eine Krawatte um. Er hatte aus Prinzip keine mehr getragen, um sich von Rosenbergs und Goldsteins Welt zu unterscheiden. Da er nun allein war, betrachtete er die Möbel und die Ausstattung, die seine Familie für ihn ausgesucht hatte. Alles in allem gefiel ihm die Wohnung, doch er hatte schon Ideen zu ihrer Verschönerung. Nachdem er den Inhalt seiner Koffer in die Schränke geräumt hatte, verließ er die Wohnung, schloss die Tür ab und hängte den Schlüssel an sein Schlüsselbund, das noch das erste Jabni-el-Dschuba-Logo aus den Vierzigerjahren trug. Er besaß es seit seiner Jugend und hielt es in Ehren. Nur an den Rändern war es ein wenig abgenutzt.

Er traf Herzi an der Synagoge und ging mit ihm schweigend zum Dänemarkplatz, zum Haus seiner Kindheit, in dem seine Mutter lebte und sein Vater unbeweglich wie ein Stein auf seinem Krankenbett lag.

»Wollen wir?«, fragte Ami, und da Herzi seinen Freund kannte, nickte er ihm aufmunternd zu und sagte: »Komm schon.« Auch Ami nickte, und sie betraten gemeinsam das Haus. Er atmete tief ein, straffte die Schultern und rief: »Sabbat Schalom!«

Es waren weitere Gäste dort. El-Or schaute vom anderen Ende des Zimmers zu ihnen herüber. Sie begrüßten Dekel, Amis Mutter, Polanski, der aus dem Krankenhaus entlassen worden war, einige Verwandte und Leute aus der Firma. Ami ging ins Zimmer seines Vaters und umarmte ihn. Der Vater blickte ungerührt ins Leere.

Im Wohnzimmer bat Greta die Gäste zu Tisch, und Dekel sprach den Sabbatsegen. Ami schaute zu El-Or. Auch er trug einen Festtagsanzug, sein Haar war gekämmt, und seine hübschen Augen blickten misstrauisch hin und her. Er hob ein Messer, das auf dem Tisch lag, betrachtete es und legte es zurück. Greta lächelte Ami liebevoll an. Sie freute sich, dass er wieder in Dimona war und in ihrer Nähe wohnte. Nach dem Segensspruch wurde die Suppe serviert, und Dekel sagte zu Ami: »Willkommen daheim, du warst lange nicht in der Stadt.« Ami lächelte und schwieg, und Herzi sagte: »Köstlich, deine Suppe, Greta!«

Nach einigen Minuten, in denen nur leise Gespräche und das Klirren der Löffel zu hören waren, räusperte sich Dekel, und Greta schlug mit dem Löffel an ihr Weinglas, um Aufmerksamkeit zu erbitten.

»Freunde«, sagte Dekel und hob die Augenbrauen, »liebe Familie! Ich will keine lange Rede halten, doch heute ist ein besonderer Abend. Mein Neffe ist nach Dimona zurückgekehrt nach … wie vielen Jahren, Ami?«

Ami zuckte mit den Schultern und schaute verlegen auf den Tisch. Er wusste nicht, was Dekel sagen wollte, aber er wünschte, es wäre schnell vorbei.

»Jedenfalls«, fuhr sein Onkel fort, »möchte ich ein neues Kapitel aufschlagen. Daher komm, Ami, und reiche El-Or die Hand.«

Ami schaute auf. Am anderen Ende des Tisches erhob sich El-Or und kam mit ausgestreckter Hand auf ihn zu.

Ami ergriff sie und sagte feierlich: »Es tut mir leid um deine Schwester und dass ich deinen Vater verletzt habe. Das war ein Fehler.« Dann blickte er zu Dekel und fügte hinzu: »Schau her, Dekel, ich verkünde es vor allen: Ich bin gekommen, um mich zu versöhnen und nach vorn zu schauen.« Aus dem Augenwinkel sah er, dass Herzi nickte.

»Ich bin nicht nachtragend«, erwiderte El-Or und sah ihm dabei fest in die Augen, »aber wenn es um die Ehre geht ...« Ami zog die Hand zurück und schaute zu seinem Onkel. War er überrascht oder wusste er, was hier gespielt wurde? Waren sie gekommen, um ihn endgültig niederzuringen? Doch ehe er eine Antwort fand, sagte El-Or: »... trotzdem nehme ich deine Entschuldigung an und weiß sie zu schätzen.«

»Vergeben und vergessen«, sagte Ami erleichtert, und Dekel rief zufrieden: »Sehr schön! Und nun, da wir diesen Schritt gegangen sind, lasst uns über die Zukunft sprechen. Daher füllt eure Gläser und trinkt!«

Die Anwesenden lachten. Die Gläser wurden gefüllt, und alle nippten am Wein.

»Ihr könnt euch nicht vorstellen, wie froh ich bin, dass ihr euch versöhnt habt«, sagte Dekel zu Ami und El-Or. »Und ich habe auch einen Grund dafür: Ich möchte, dass ihr künftig zusammenarbeitet.« Ami verschluckte sich und blickte zu Herzi, der genauso überrascht schien. »Die Gründergeneration ist in die Jahre gekommen«, fuhr Dekel fort, »daher will ich eine neue Generation aufbauen.« Was tut er? Wovon redet er, fragte sich Ami. Ich soll mit El-Or kooperieren?

»Ami«, sagte Dekel, »ich wünsche mir, dass du meinen Vorschlag annimmst und unser Botschafter wirst, der zu unseren Kunden auf der ganzen Welt reist, alte Verträge erneuert und neue schließt. Und dass El-Or dich begleitet und alle Teile der Union kennenlernt. Dass ihr eine Weile in Zone 3 / Irak-Iran verbringt, in Zone 7 / Turkistan und dass wir ihn am Ende als unseren Vertreter in Zone 2 einsetzen, wo er mit den wichtigen Kunden vom Golf arbeiten wird.«

Ami schluckte und schwieg. Dekel, der Schuft! Doch überraschten ihn seine Winkelzüge wirklich? Hatten Herzi und er es nicht vorausgesehen? Aber weshalb war er dann enttäuscht? Hatte er gehofft, dass es trotz allem anders kommen würde? Wegen der schönen Wohnung, die Dekel ihm gab, wegen der versöhnlichen Worte, die er zu ihm sagte, und wegen seiner Mutter, die, wie er wusste, in Sorge um ihn war? Es war wie ein Messerstich, der sich tief in sein Herz bohrte. Er sollte mit El-Or durch die Welt ziehen und ihn das Business lehren …

»Auf die neue Zeit!«, rief Dekel und erhob das Glas. »Auf die neue Generation, Ami und El-Or, unsere zukünftigen Zugpferde!«

Es wurde applaudiert. El-Or lächelte vorsichtig, und Ami schaute zu Herzi, der die Augen schloss und nickte, um seinen Freund zu beruhigen.

Dann wurde es still. Alle Blicke richteten sich auf ihn, und Ami verstand, dass er etwas erwidern, dass er nun zustimmen musste. Zögernd erhob er sich. Aber El-Or kam ihm zuvor und ergriff das Wort an seiner Stelle. Vielleicht spürte er die Kühle, die ihm von Ami entgegenschlug.

»Ist die Sache zu groß für dich?«, fragte er herausfordernd.

»Zu groß? Um Himmels willen«, entgegnete Ami heiser.

»Was stört dich dann?«

»Es stört mich, dass du nicht die Fähigkeiten hast.«

»Fähigkeiten wozu? In einem Sieben-Sterne-Hotel am Golf zu sitzen und sich bei den Scheichs einzuschmeicheln?«

»Dazu und zu allem anderen. Was hast du in deinem Leben erreicht, außer fernöstliche Lehren zu verbreiten, an die du selbst nicht glaubst?«

»Es tut mir leid, wenn ich nicht wie du mit einem goldenen Löffel im Mund geboren wurde.«

Dekel versuchte einzulenken und sagte: »Einen Moment, Kinder! Ihr könnt nicht ...«

»Lass mich reden, Dekel«, unterbrach ihn Ami, ohne El-Or aus den Augen zu lassen.

»So schlecht ist es dir als Kind nicht ergangen«, sagte er zu seinem Rivalen, nahm ein Messer vom Tisch und zeigte damit auf ihn. »Du bist der Sohn von Polanski, dem allmächtigen Berater, der klugen Schlange. Aber dein Problem war es, dass du unfähig bist und keinen Posten in der Firma bekommen hast. Du bist vor dir selbst davongerannt, vor deiner Familie und deiner Schwester, an die du dich erst erinnert hast, als sie gestorben war.«

El-Or näherte sich. »Du Null«, zischte er, und Ami hob das Messer, sodass er damit fast das Haar des Jungen berührte.

»Ja, das bist du, El-Or – eine Null, ein Nichts.«

»Loser! Nichtsnutz! Schmarotzer! Du kannst nur nehmen, nehmen, nehmen! Sogar eine Wohnung mussten sie dir besorgen wie einem hilflosen Kind!«

»Schau dich an! In deinem Alter! Nach all den Niederlagen brauchst du die Hilfe meines korrupten Onkels, des Komplizen deines Vaters, um deinen Lebensunterhalt zu verdienen. Und dann redest du von Beziehungen und goldenen Löffeln?«

»Und du? Mit vierundvierzig Jahren verkriechst du dich in einer Hütte im Norden? Warum bist du zurückgekommen?«

»Weil ihr eine Bande von Dieben seid, du, dein Vater und mein Onkel. Und weil die Zeit gekommen ist, meinem Vater und mir zu geben, was uns zusteht.«

El-Or lachte höhnisch auf. Plötzlich hielt auch er ein Messer in der Hand. Als wäre es ein Spiel, stieß Ami mit der Rechten in seine Richtung und eröffnete einen theatralischen Tanz, der an zwei Fechter mit geschmeidigen Körpern und federnden Knien erinnerte. Alle stimmten in das Gelächter ein. Auch Greta. Sie schien glücklich, beseelt vom Wein. Doch dann schlug El-Or seine Faust gegen Amis Kinn, Ami schwankte und drohte zu fallen. Das Gelächter verstummte.

»He, he!«, rief jemand, aber Dekel sagte: »Lasst sie!«

Ami fand sein Gleichgewicht wieder, focht mit dem Messer, sodass die Klingen aneinanderschlugen, und rammte seine Faust in El-Ors weichen Bauch. El-Or krümmte sich vor Schmerz, richtete sich wieder auf, und beide kehrten atemlos an ihren Platz zurück und setzten sich.

»Sehr gut«, sagte Dekel, »ihr musstet eure Aggressionen ausleben. Nun bin ich überzeugter denn je, dass ihr wunderbar zusammenpasst. Schenkt mir noch ein Glas ein!«

Ami nahm etwas von seinem Teller, doch seine Kehle schnürte sich zu, und er hielt inne. Nach einer Weile löste sich die Anspannung, und er lächelte.

»Warum lächelst du?«, fragte ihn Dekel.

»Nur so«, sagte Ami und brach plötzlich in schallendes Gelächter aus. Tränen liefen über seine Wangen, und sein Körper schüttelte sich wie in einem Krampf. Die anderen Gäste schauten ihn erstaunt an, dann begannen auch sie zu lachen. Nur Greta lächelte still.

»Er spielt mit uns«, sagte El-Or wütend, »und er verspottet seinen Chef. Ich glaube, dass es hier keinen Platz für ihn gibt, solange er sich wie ein schräger Vogel aufführt.«

»Wer hat dich gefragt?«, sagte Ami, und El-Or blickte finster. Plötzlich erhob er sich, nahm das Messer und ging auf Ami zu. Ami sprang auf und ergriff ebenfalls ein Messer. So standen sie da und blickten sich drohend an. »Haben wir kein Brotmesser, Mama? Es hätte eine schärfere Klinge.«

»Hör auf, Ami«, flüsterte Greta und schaute ernst.

»El-Or soll aufhören! Er hat sein Messer zuerst gezückt.«

Tänzelnd bewegte sich Ami in die Mitte des Raumes und richtete seine Waffe auf den Gegner. El-Or holte aus und versuchte, ihn zu treffen, doch Ami kam ihm zuvor und schlug ihm das Messer aus der Hand. El-Or bückte sich, um es aufzuheben, und Ami umklammerte ihn von hinten und sagte: »Genug, mein Freund, beruhige dich.« El-Or schrie auf.

»Schluss jetzt!«, brüllte Dekel, und alle erstarrten. »Ihr werdet ab morgen zusammenarbeiten. Jetzt reicht euch die Hand und …«

»Hör zu, lieber Onkel«, fiel ihm Ami ins Wort, »ich habe Neuigkeiten für dich.«

»Deine Neuigkeiten interessieren mich nicht.«

»Lass ihn reden«, warf Greta ein, doch Ami sagte: »Es ist gleichgültig, ob er mir zuhören will oder nicht, denn meine Neuigkeiten sind wirklich interessant. Herzi wird es euch erklären.«

Damit übernahm Herzi den Staffelstab und hob an: »Ami und ich haben einen Vorgang untersucht, den man Eigentumsübertragung nennt. Wie ihr wisst, soll sich nach den Post-Cap-Gesetzen aus dem Jahr 2050 keine Körperschaft und kein Unternehmen zu hundert Prozent in der Eigentümerschaft einer einzelnen Person oder Familie befinden. Da aber die meisten Menschen von den neuen Gesetzen nur die Überschrift kennen und vielleicht wissen, was sie im Grundsatz bedeuten, werde ich euch darlegen, wie sich dieses Gesetz im konkreten Fall, auf Jabni el Dschuba bezogen, auswirkt. Es bedeutet, dass Jabni el Dschuba auf lange Sicht nicht mehr ausschließlich der Familie Allalouf gehören kann, obwohl ein Mitglied der Familie, Amram Allalouf, es gründete und die Patentrechte für sein Kernprodukt anmeldete, den von ihm erfundenen Baustoff, den die Firma anwendet und vermarktet. Es muss ein neues Beteiligungsmodell gefunden werden. Dabei ist es nicht möglich, wie früher einen Teil seiner Aktien zu verkaufen und dennoch den Löwenanteil zu behalten, um die Kontrolle über das Unternehmen nicht zu verlieren.«

Ami schaute sich um. Einerseits war er überrascht, dass die Anwesenden den komplizierten Ausführungen andächtig lauschten; andererseits verwunderte es ihn nicht, denn Herzi hatte eine besondere Begabung. Schon während des Jurastudiums sprach man von ihm als künftigem Oberstaatsanwalt. Er hatte Charisma und konnte gut formulieren, denn wie ihnen schon der Dozent im ersten Studienjahr sagte, war das Wichtigste in ihrem Beruf »die Begabung, eine Geschichte zu erzählen. Das wird die Zeugen, das Publikum, den Kläger und den Angeklagten und vor allem die Richter in euren Bann schlagen. Damit habt ihr sie in der Hand.« Erst jetzt fiel Ami auf, dass Herzi sich perfekt vorbereitet und in seinen Auftritt investiert hatte. Er hatte sich sogar die Haare schneiden lassen und war glatt rasiert. Niemand, der ihn so sah, hätte glauben können, dass er in Wahrheit ein Müßiggänger war, der den größten Teil des Tages am Strand lag, mit Stoppelbart und wilder Mähne, der vom Basislohn lebte, seinen Hummus mit dem Luftshuttle aus Jaffa kommen ließ und das freie Leben genoss wie kein anderer.

»Wie gesagt«, fuhr Herzi fort, »die Familie Allalouf darf auf Dauer nicht mehr die alleinige Eigentümerin von Jabni el Dschuba sein. Und das hat mit der sogenannten Anteilsgrenze zu tun, die vom neuen System eingeführt wurde. Wenn es in der alten Zeit möglich war, eine Firma zu hundert Prozent zu kontrollieren und seine Anteile beispielsweise auf einundfünfzig Prozent zu senken, so gilt in der neuen Zeit eine verbindliche Obergrenze, die es dem größten Anteilseigner erlaubt, über höchstens fünfundzwanzig Prozent zu verfügen. Genau dies ist der Fall bei Jabni el Dschuba, da Dekel darauf bestand, dass das zulässige Höchstmaß ausgeschöpft wurde. Obwohl Amram, wie einige von euch sicherlich wissen, ein Unterstützer der neuen Politik – auch in Bezug auf Jabni el Dschuba – war, zeigte er Verständnis für seinen Bruder und die anderen Familienmitglieder, die auf möglichst wenig verzichten wollen. So einigte er sich mit ihnen, der Familie das Maximum zu garantieren – fünfundzwanzig Prozent.« Herzi trank einen Schluck und schenkte seinen Zuhörern einen Augenblick des Nachdenkens, ehe er fortfuhr.

»Nun, hier berühren wir einen wichtigen Punkt, dem bisher nur wenige Menschen Aufmerksamkeit geschenkt haben: Obwohl die Familie nur noch fünfundzwanzig Prozent besitzt, übt sie noch immer die Kontrolle aus. Ohne ihre Zustimmung können keine wesentlichen Änderungen im Unternehmen durchgesetzt werden. Das hat damit zu tun, dass nahezu alle Gesetze von 2050 – meines Erachtens völlig zu Recht und klugerweise – eine Umsetzung in Stufen vorsehen, ehe sie nach zwanzig oder in einigen Fällen erst nach dreißig Jahren im vollen Umfang wirken. Das heißt, nicht alles ändert sich auf einen Schlag. Und da wir heute erst sechzehn Jahre nach 2050 sind, befinden wir uns in der Übergangsphase, in der der Besitz von fünfundzwanzig Prozent noch die volle Kontrolle ermöglicht.«

»Und das ist gut so«, warf Dekel ein. »Danke, Herzi, aber gibt es einen speziellen Grund, dass wir dir an einem festlichen Freitagabend lauschen, an dem wir, wie ich noch hoffe, einen neuen Weg in der Firmengeschichte, in – unserer – Firmengeschichte einschlagen wollen?«

»Ja, den gibt es«, sagte Herzi trocken, und Dekel hob seine Augenbrauen. Seit einiger Zeit trug er eine Brille mit einem dicken Gestell, und nun wölbten sich seine buschigen Brauen zu einer doppelt geschwungenen Brücke, unter der ein dunkler Fluss zu verlaufen schien. Dadurch bekam das Gesicht mit den feisten rötlichen Wangen seine in Amis Augen groteske endgültige Form.

»Also«, setzte Herzi erneut an, »in vielen Fällen passiert Folgendes: Beim Übergang von der vollständigen Eigentümerschaft – oder der Anteilsmehrheit – zu der im Jahr 2050 beschlossenen Höchstgrenze kann derjenige, der offiziell fünfundzwanzig Prozent besitzt, de facto die absolute Kontrolle behalten. Der einfache Grund dafür ist, dass viele der übrigen Anteile ›unclaimed‹ sind. Das heißt, sie werden von niemandem beansprucht. Denn wenn jemand auf Anteile verzichtet, bedeutet dies nicht automatisch, dass ein anderer sie übernimmt. Zwar haben die Mitarbeiter ein Anrecht auf ihre Beteiligung am Unternehmen, aber nicht immer gibt es genug Mitarbeiter, und nicht immer sind sie sich ihrer Rechte bewusst oder fordern sie ein. Nicht jeder will sich mit diesen Dingen beschäftigen und kann genügend Mittel für die Übernahme aufbringen. Aus gutem Grund ist er Arbeiter geworden, also jemand, der morgens aufsteht und auf die Baustelle oder in die Fabrik geht und am Ende des Monats seinen Gehaltszettel erhält, ohne sich Gedanken zu machen. Doch bei Jabni el Dschuba ist die Situation sogar noch komplizierter. Denn viele, die einen Anspruch auf Anteile hätten, sind selbstständige Händler, Bauunternehmer und Renovierer, die gar nicht wissen, dass sie nach den neuen Gesetzen als Mitarbeiter von Jabni el Dschuba zu behandeln sind – obwohl Amram sich bemühte, sie über ihre Rechte aufzuklären und zu überzeugen, sie wahrzunehmen. So haben Ami und ich vor kurzem begonnen, unterhalb des Radars an der Sache zu arbeiten. Über Chawruta, Meta und die anderen sozialen Netzwerke suchten wir die Betroffenen auf und verhalfen ihnen zu dem, was ihnen zusteht.«

»Dekel«, rief El-Or und hielt schon wieder ein Messer in seiner Hand, »müssen wir uns dieses langweilige Gerede anhören? Oder willst du, dass ich ihm das Maul stopfe?«

»El-Or, wir sind kultivierte Menschen. Lassen wir ihn ausreden. Danach bringen wir die Sache zwischen dir und Ami zum Abschluss.«

»Ich verstehe, dass die Jugend ungeduldig wird«, sagte Herzi, »aber ich komme sogleich zum Schluss – kurz und schmerzhaft, wie es heißt.« Er machte eine Pause und beobachtete zufrieden, dass Dekels Augenbrauen in die Höhe zuckten. »In den vergangenen Wochen haben wir viele Mitarbeiter von Jabni el Dschuba erreichen können und ihnen Unterstützung angeboten. Wir erklärten ihnen die Vorteile der Anteilseignerschaft auf vielerlei Ebenen – dass sie helfe, Amrams Geist, den sie schmerzlich vermissten, wiederzuerwecken, dass sie Gewinne und Steuererleichterungen erwarteten und bei Freizeitangeboten und anderen Leistungen Vorteile hätten. Und das überzeugte sie.«

»Genau«, warf Ami ein, »wir liegen schon bei der kritischen Menge von siebzig Prozent.«

»Sogar ein wenig darüber«, bestätigte Herzi, »aber schon siebzig Prozent ermöglichen die Eigentumsübertragung. Das heißt, dass die Kontrolle im Unternehmen jetzt in den Händen der Mitarbeiter liegt, die Ami zu ihrem offiziellen Sprecher gewählt haben.«

Dekel schaute ihn wütend an.

»Ruft Rosenberg und Goldstein! Projiziert sie auf die Wand gegenüber!«

Ami und Herzi warfen sich Blicke zu. Sie warteten ab und schwiegen. Die anderen Gäste tuschelten. Ohnmächtig bat Greta, den Hauptgang aufzutragen, und es wurden Schüsseln mit Gemüse und Salat und, zur Krönung des Abends, ihr Mafroum auf den Tisch gestellt: mit gehacktem Fleisch gefüllte Kartoffeln in einer gehaltvollen würzigen Tomatensauce.

»Wow, Mama«, sagte Ami und schaute zu Leila, die ihm zulächelte. Sie hatte ihm erzählt, dass sie es war, die das Mafroum kochte. Greta hatte nicht die Kraft, sich auf die Zubereitung zu konzentrieren.

Die beiden Anwälte erschienen, festlich gekleidet, auf der gegenüberliegenden Wand. Sie blickten ungeduldig.

»Was ist, Dekel? Wir sind beim Sabbatessen. Kann das nicht bis morgen warten?«, fragte Goldstein.

»Nein! Herzi und Ami behaupten, dass sie eine Eigentumsübertragung vornehmen.«

Rosenberg lachte.

»Das können sie nicht. Mindestens zwanzig Prozent sind unclaimed.«

»Sie sagen, sie hätten siebzig.«

»Das ist kein Problem«, sagte Goldstein. »Selbst wenn sie die Zustimmung von siebzig Prozent hätten, was mir höchst zweifelhaft erschiene, selbst dann bräuchten sie ein entsprechendes Papier, und das kann nicht ohne den offiziellen Rechtsvertreter aufgesetzt worden sein. Wir allein, die Kanzlei Rosenberg und Goldstein, vertreten Jabni el Dschuba, und bei uns war in letzter Zeit niemand mit einer derartigen Anfrage befasst. Seid unbesorgt!«

»Wir sind unbesorgt, Goldstein«, sagte Herzi, und jemand klapperte mit dem Teller.

»Dein Mafroum ist legendär, Greta«, sagte eine der Anwesenden.

»Ja, Großmutter Alisa würde das bestätigen«, sagte ein anderer.

»Vielleicht habt ihr es vergessen«, fuhr Herzi seelenruhig fort, »aber ich besitze das Zeichnungsrecht. Amram hat es mir vor Jahren erteilt. Er brauchte mich damals in allen möglichen Angelegenheiten, während ihr mit dicken Verträgen befasst wart oder mit den neuen Gesetzen oder damit, Dekel den Arsch zu retten – wer weiß das schon? Und später ist es nie annulliert worden, sodass ich noch immer im Namen von Jabni el Dschuba sprechen kann.«

Alle schwiegen. Dekel fragte: »Ist das wahr?«

»Aah«, stöhnte Greta, »ich fühle mich nicht wohl. Mir ist übel.« Sie streckte die Hand nach ihrem Wasserglas, und alle schauten sie an. Nur Ami blickte zur Wand und sagte beiläufig:»Geht es dir gut, Mama?«

»Ich glaube nicht, dass das stimmt«, sagte Rosenberg. »Ich erinnere mich dunkel, dass um das Jahr 2050 die Hölle los war und wir Unterstützung brauchten, doch ich bin sicher, dass das korrigiert wurde. Ich werde es prüfen.«

»Prüf es«, sagte Herzi,»aber der Zug ist abgefahren. Vielen Dank, Freunde.«Dann blickte er zu den am Tisch Versammelten und fuhr fort:»Das Prozedere wird Anfang der Woche abgeschlossen. Die Eigentumsübertragung ist vollzogen, und die neuen Anteilseigner, die von Ami angeführten siebzig Prozent, haben mit der Teilung begonnen.«

»Papa, dürfen sie das?«, fragte El-Or und schaute zu Polanski, der schwieg und seinen Sohn verwirrt ansah. Er hatte sich von dem Zwischenfall mit der Blumenvase nie ganz erholt.

»Du sei still, kleiner Pisser. Papa kann dir nicht helfen«, zischte Ami und erhob sich von seinem Stuhl.

Auch El-Or richtete sich auf und kreischte:»Du nennst mich einen Pisser?«Mit dem von Tomatensauce triefenden Messer rannte er auf Ami zu.

»Ami, pass auf!«, rief Greta, doch da bohrte sich die ölige Klinge bereits in Amis Hand. Er nahm eine dicke Stoffserviette und band sie um seine Wunde.

»El-Or, benimm dich«, sagte Dekel, und El-Or wurde von dem Hausangestellten, der die Speisen auftrug, zu seinem Platz geführt. »Aber sag, Ami, was bedeutet Teilung?«

»Das Unternehmen wird aufgeteilt, das war schon Papas Vision. In jeder Region wird es einen lokalen Eigentümer geben, der alle Rechte erhält. Wir haben genug Leute in allen Territorien.«

»Und die Verträge sind schon unterzeichnet«, ergänzte Herzi.

»Aber ich verstehe nicht …«, murmelte Dekel.

»Wir wussten, dass du es nicht verstehen würdest«, sagte Ami und empfand beinahe Mitleid mit diesem Mann, der in einer anderen Zeit gefangen schien. »Doch nun ist alles gesagt. Komm, Herzi, lass uns gehen.«

»Aber auch du verlierst dabei«, sagte Dekel. »Alle Wettbewerber und Nachahmer werden vorpreschen und …«

»Wir verlieren alle, die ganze Zeit, und daher scheint es uns besser, Jabni in die Freiheit zu entlassen«, erklärte ihm Ami. »In jedem Territorium soll es sich entwickeln, wie es will, auch wenn Wettbewerber und Nachahmer erstarken und es nicht überall den Markt beherrscht. Aber wir stehen auf der richtigen Seite und retten die Ehre des Mannes, der nebenan in seinem Bett liegt und dem ihr alle Lebenskraft nahmt. Er glaubte an die neue Zeit, er glaubte an den Wandel. Und ihr habt ihn deswegen versucht umzubringen. Wegen Leuten wie euch funktioniert diese Welt nicht, doch durch den Prozess, den Herzi und ich in Gang gesetzt haben, kann es noch gelingen. Denn der Mensch ist kein hoffnungsloser Fall. Mit Ausnahme von dir, Onkel.«

Er blickte in Dekels geweitete Pupillen, dann wandte er sich ab und ging zu seinem Vater, umarmte ihn und küsste seine unrasierten Wangen. Als er das Zimmer verließ, stand seine Mutter im Türrahmen und sagte:»Ami.«

»Wie geht es dir, Mama?«

»Verzeih mir, Ami«, flüsterte sie und umarmte ihn. Er drückte sie fest, um sie zu trösten, dann löste er sich von ihr und blickte zu seinem Vater.

»Ihn musst du um Verzeihung bitten.«

»Ich weiß«, sagte sie.

Ami ließ sie mit seinem Vater allein und kehrte ins Wohnzimmer zurück, wo Herzi ihn erwartete.

»Einen Augenblick«, hörte er eine Stimme. Es war Rosenberg. Er und Goldstein waren noch über Korki-Net zugeschaltet.»Ich habe nachgeschaut, und wir werden uns in den nächsten Tagen eingehend damit befassen. In den vergangenen Wochen ist die Anzahl der Berechtigten, die ihre Anteile für sich reklamieren, tatsächlich gestiegen. Wir werden prüfen, ob es rechtens ist, wenn die bisherigen Anteilseigner nicht in Kenntnis gesetzt wurden.«

»Sie wurden in Kenntnis gesetzt«, wandte Herzi ein. »Wir haben ein Protokoll aller Benachrichtigungen, die von uns versandt wurden.«

»Ja, das sehe ich. Es sind verschlüsselte Nachrichten, die keiner liest. Wir werden das anfechten.«

»Alles wurde korrekt ausgeführt, wie es im Buche steht«, sagte Herzi, »wir haben uns siebenfach abgesichert.«

»Man wird sehen. Wir werden auch prüfen, ob Herzis Vollmacht noch gilt. Es gibt immer Schwachstellen, es kann nicht wasserdicht sein. Nichts ist wasserdicht seit 2050, schon wegen all der Anpassungen, die stufenweise vollzogen werden müssen. Ich glaube sogar, schon einen Weg gefunden zu haben, auf dem du, Dekel, als größter Anteilseigner in einer bestimmten Konstellation ein Veto gegen jede Eigentumsübertragung einlegen kannst.«

»Das stimmt ...«, sagte Herzi und schaute zu Ami, der das Zeichen verstand und an seiner Stelle fortfuhr: »... wir kennen alle Wege und Schlupflöcher. Mein Onkel hat tatsächlich unter bestimmten Bedingungen ein Vetorecht. Doch lasst uns alle Karten auf den Tisch legen, ehe wir nach Hause gehen: Wenn Dekel von seinem Vetorecht Gebrauch macht, präsentieren wir alle Beweise, alle leuchtend blauen Beutel, die seine Fingerabdrücke tragen, und alle Mitschnitte eurer Gespräche über Korki-Net. Unser Dossier ist stichhaltig und prall gefüllt. Also, überleg es dir, lieber Onkel. Danke, Mama, für das wunderbare Mahl, das mich an die guten alten Tage erinnert.«

»Sie haben recht«, sagte plötzlich eine Stimme, die den ganzen Abend geschwiegen hatte. Alle Blicke richteten sich auf Polanski, den ewigen Berater, der zunächst für Amram und später für Dekel tätig war. »Ich gebe ihnen Rückendeckung. Ich habe genug Material und stelle es zur Verfügung. Und du, El-Or, wirst dabei helfen.« Ami stand in der Tür und betrachtete seinen Onkel. Mit sattem Bauch und vom Wein benommen, saß er niedergeschlagen auf seinem Stuhl, den Kopf vornübergebeugt. Alles war geklärt, und es gab nichts, was er ihm noch sagen konnte. Ohne ein Wort verließen sie das Haus, gingen über den Dänemarkplatz an der Schaare-Zedek-Synagoge vorbei zum Garten mit dem Spielplatz. Dort, auf dem Scheideberg, setzte sich Ami auf seine Bank und begann bitterlich zu weinen. Herzi, sein Freund, umarmte ihn fest, und er schluchzte und heulte und befreite sich von allem Gift, das in den vergangenen Monaten in seinen Blutkreislauf eingesickert war.

»Du hast das Richtige getan«, sagte Herzi, »genau das Richtige.«

»Aber jetzt habe ich nichts mehr«, krächzte Ami, »nichts!«

»Nichts ist gut«, beruhigte ihn sein Freund und klopfte ihm auf die Schulter. »Nichts ist das Allerbeste, du wirst sehen.«

Penguin Random House Verlagsgruppe FSC® N001967

1. Auflage
EVERYBODY BE COOL: Copyright © 2020 by Assaf Gavron,
first published by Haaretz magazine
HAMELET: Copyright © 2023 by Assaf Gavron,
first published by Van Leer Institute Press & Pardes Publishing
Copyright © der deutschsprachigen Ausgabe 2025
Luchterhand Literaturverlag
in der Penguin Random House Verlagsgruppe GmbH,
Neumarkter Str. 28, 81673 München
produktsicherheit@penguinrandomhouse.de
(Vorstehende Angaben sind zugleich
Pflichtinformationen nach GPSR)

Umschlaggestaltung: buxdesign I Daniela Hofner
unter Verwendung eines Motivs von Stocksy/Catherine MacBride
Satz: Buch-Werkstatt GmbH, Bad Aibling
Druck und Einband: GGP Media GmbH, Pößneck
Printed in Germany
ISBN 978-3-630-87805-8

www.luchterhand-literaturverlag.de
facebook.com/luchterhandverlag